一家人的抗战

王相坤 著

河海大学出版社
HOHAI UNIVERSITY PRESS
·南京·

图书在版编目(CIP)数据

一家人的抗战 / 王相坤著. -- 南京 : 河海大学出版社，2025. 7. -- ISBN 978-7-5630-9800-2

Ⅰ. I25

中国国家版本馆 CIP 数据核字第 20259366EP 号

书　　名　一家人的抗战
　　　　　　YIJIAREN DE KANGZHAN
著　　者　王相坤
书　　号　ISBN 978-7-5630-9800-2
责任编辑　杜文渊
文字编辑　孙梦凡
特约校对　李　浪　杜彩平
装帧设计　有品堂
出版发行　河海大学出版社
地　　址　南京市西康路 1 号(邮编:210098)
电　　话　(025)83737852(总编室)
　　　　　　(025)83722833(营销部)
经　　销　江苏省新华发行集团有限公司
排　　版　南京布克文化发展有限公司
印　　刷　南京迅驰彩色印刷有限公司
开　　本　880 毫米×1230 毫米　1/32
印　　张　7.5
字　　数　150 千字
版　　次　2025 年 7 月第 1 版
印　　次　2025 年 7 月第 1 次印刷
定　　价　68.00 元

戴克政同志为民族解放战争牺牲之日，年仅二十三岁……戴同志之父戴洪昌，为敦化东著名首户，因忿日贼抢夺奸淫烧杀之横暴，乃起而组织救国军，从王德林被委为第五营营长，戴氏父子兄弟均参加……

戴同志对革命知识不但勤学精进，且每战身先士卒，指挥掌握有如久经练达者，凡游击所到之地，辄召开农民抗日宣传大会，对于抗日救国之言词娓娓动人……当此抗战深入、东北游击运动极其吃紧之时，余对克政同志寄望甚深，不幸为时未几，少壮将星遽告殒折。为民族国家解放牺牲光荣，堪同日月齐光，惟今五军栋梁摧毁，后继乏人，殊为感慨也。

——周保中

2025年4月，作者（前排左三）来到主人公的出生地和战斗地。在敦化烈士陵园，瞻仰了戴万龄、戴克政等戴家烈士的遗物，研读了其生平事迹；召开了由市关心下一代工作委员会、市优秀传统文化传承发展促进会、市委党史研究室、烈士家乡沙河沿镇党委政府领导参加的《一家人的抗战》创作座谈会。座谈会上，长期从事抗战历史研究的市关心下一代工作委员会主任何效义（前排左二）详细介绍了戴家烈士的英雄事迹；市委党史研究室主任陈晓东（前排右一）、副主任高洪亮（后排右二）介绍了有关研究情况；沙河沿镇党委书记姚卫（前排左一）就进一步做好戴家英雄事迹的挖掘、宣传和学习作交流发言。图为座谈会结束时与会人员的合影。

（敦化市关心下一代工作委员会 提供）

图为与会代表发言

（敦化市关心下一代工作委员会 提供）

内容提要

1932年2月，吉林省敦化县沙河沿镇东南台子首富戴万龄，在他年逾六旬之时，毅然决然舍弃几代人奋斗了半个多世纪挣得的万贯家财，带领全家男女老幼四代57口人，全族200余人，参加国民抗日救国军，奔赴抗日战场，旋即加入东北义勇军、绥宁反日同盟军、东北反日联合军第五军和东北抗日联军第五军。先后参加攻打敦化的战斗、镜泊湖连环战和攻打额穆、安图、东宁等战斗，重创日军。

在敌强我弱的条件下奋起抗战，牺牲是必然的代价。到1945年9月中国人民抗日战争胜利时，戴家投身抗战的第二代牺牲12人，第三代牺牲20人，第四代牺牲11人。女眷牺牲12人。

彼时，戴家在战争中的幸存者，仅剩第一代抗战人戴老七爷、戴万龄大儿子戴克勤（抗战中负伤在家养伤）及女儿戴玉梅、二儿媳寇氏及其女儿戴素云、六儿子戴克政的独生子戴友喜等老弱病残者和孩童。敦化的人说，后来再见戴先生一家，就看到两个寡妇，还有戴先生唯一的孙子戴友喜和孙女了……

戴家有50多位为国捐躯的抗日英雄，但中华人民共和国成立后戴家评定烈士的过程却较为曲折。原因是当年见证戴家英勇抗战的上级领导大都已作古；与戴家人一起浴血奋战的战友多数已不在人世，要找到符合当时烈士评定标准的原始证据实属困难。此外，在土地改革运动中，戴家被划分为地主。在那个年代里，“地主成分”又成为戴家抗日牺牲者评定烈士的无形阻碍。

面对这些，戴家后人无怨无悔，他们坚信，历史是不会被尘埃淹没的，中国共产党的伟大，在于其始终践行实事求是的思想路线。终于，在英雄牺牲半个多世纪之后，1995 年 10 月，中华人民共和国民政部确认戴万龄的第六子——东北抗日联军第五军第三师第九团团长戴克政为革命烈士。又经过 20 多年的历史发掘，2022 年 11 月，在戴家举家抗日 90 年之后，戴家抗战牺牲者中又有 7 人被吉林省人民政府追授为革命烈士。他们是：戴万龄、戴万春、戴万珠、戴万发、戴克俭、戴克吉、戴克志。

追认没有结束，还在进行中。相信随着抗战史研究的不断深入，戴家为抗战而牺牲的英灵们，还会有更多被授予“革命烈士”的光荣称号而走进革命烈士陵园的殿堂。

戴万龄举家抗战的英雄壮举，生动诠释了习近平总书记关于“历史是最好的教科书”“中国革命历史是最好的营养剂”的重要论述，展示了爱国不分先后、革命不论出身、烈士不分老幼。爱国主义的核心在于，民族危亡之时，全体国民——不管工人、农民、士兵还是知识分子，不管无产阶级还是资产阶级，只要心系国家、不愿做亡国奴，都会义无反顾地投身到民族解放的伟大事业中，他们的牺牲奉献，都将刻记在历史的擎天柱上，为世人所敬仰。

为此，在中国人民抗日战争暨世界反法西斯战争胜利 80 周年之际，谨向广大读者献上《一家人的抗战》这本小书。

这本小书的最大特色是家庭抗战。

时下，有关抗战题材的书籍林林总总，但像戴万龄这样举家抗战、一家四代人接续抗战，且全家有 50 多人血洒疆场的，在中国人民抗日战争史上乃至世界反法西斯战争史上，都是极其罕见的。

让更多的人了解这样一个家庭舍家为国、甘洒热血的家国情怀，了解这样一个英雄群体前仆后继、舍生忘死的光辉壮举，了解东北这片黑土地上孕育而生的这种光照千秋的民族精神，是写作本书的根本目的。

目录

第一章

闯关东

晚清年间的齐鲁莱州一带，真穷，穷到有的家庭一家人只有一条裤子，谁出门谁穿。为了摆脱这个“穷”字，仅此一途——外出打拼！

他们的理想之地——关东！

关东的土地，够黑，黑得像在大地上撒了一层煤。

关东人烟稀少，大片富饶的黑土地未被开垦。

于是，关内的人——山东的、河北的，过不下去的穷人，便迎着凛冽的北风，踏着皑皑白雪，一路向北，开始了闯关东的旅程。

当年的“闯关东”，形式上有点类似于今天的农民外出打工。它指的是中国山海关以内地区的民众出关谋生，尤其在清朝同治年间到中华民国这个历史时期，“闯关东”形成高潮。

河北省山海关城东门，界定着关外和华北大地。清朝建立后，清军入关，颁布禁关令，严禁内地人（关内人）进入东北“龙兴之地”垦殖。从顺治起，清廷在东北分段修筑长达千余公里的“柳条边”篱笆墙——东北长城（又称柳条边墙、柳墙、柳城、条子边）。从山海关经开原、新宾至凤城南的柳条边称为“老边”，自开原东北到今吉林市北称为“新边”。这项浩大的工程到康熙朝中期方才竣工。

鸦片战争后，随着中国逐步沦为半殖民地半封建社会，清政府对边疆控制日益减弱。为了应对不断侵蚀中国东北边境的沙俄，1860 年 9 月 6 日，黑龙江将军特普钦上疏朝廷，奏请开放呼兰蒙古尔山（今木兰县境内）地区，招民垦荒，得到咸丰皇帝允准。从此，清廷开禁放垦，鼓励移民实边，以振兴关外的经济。

于是，山东、河北等地的关内民众背井离乡，开始“闯关东”。1953年国家进行的第一次全国人口普查统计数据显示，“闯关东”后留在当地的山东人达到700多万，约占当时东北总人口4000万的18%。

有一首诗这样描述闯关东途中的艰辛和悲壮：

绵延的古道无头
荒凉的白雪黑土无边
要去的地方看不到尽头，不知是终点，还是起点
越走越是路窄人稀
迎面是高山、密林、大川……

在这支空前的人口迁徙大军中，有一位男童格外引人注目。他叫戴万龄，又名戴凤龄，字洪昌，1871年农历六月初一出生，来自山东莱州府掖县周廷社香合乡的一个贫苦农民家庭。这时的他只有4岁。

1875年，是光绪元年。这一年秋后，北方各省特别是山东、河南、山西、陕西、甘肃等省，相继出现严重旱

清朝末年闯关东的境况

情。旱灾引来蝗虫，导致农作物大面积减产甚至绝收，进而引发了饥荒。据不完全统计，从 1876 年到 1878 年，仅山东、山西、直隶、河南、陕西等北方五省遭受旱灾的州县共 955 个。而整个灾区受到旱灾及饥荒严重影响的居民人数估计在 1.6 亿到 2 亿之间，约占当时全国人口的半数之多，直接死于饥荒或瘟疫的人数在 1000 万左右，从重灾区逃出来的灾民不少于 2000 万人，这使清王朝的国力受到沉重打击。

戴万龄举家北迁闯关东，就是因为这场“二百三十余年来未见之惨凄、未闻之悲痛”① 的“丁戊奇荒”。说它是“奇荒”，“奇”就“奇”在：一是灾情凄绝，旱魃肆虐，造成赤野千里，颗粒无收，蝗灾、瘟疫泛滥；二是灾后次生灾害愈加严重，粮价暴涨，斗米千钱，哀鸿遍野，“始则卖儿鬻女以延活，继则挖草根、剥树皮以度餐……”②；三是社会治安陷于混乱，灾民、流民、饥民大量流徙，在得不到赈济、濒临绝境时，便铤而走险以求生存，以

① 赵雅丽:《重温京畿名士张佩纶在奇荒中的建言与驳议》，载《北京史学论丛（2015）》，群言出版社，2016，第 144 页。

② 朱寿朋:《光绪朝东华录》，中华书局，1958，第 409 页。

致盗贼四起，聚众抢粮、打家劫舍、袭击官府等闹灾事件频发。

戴家在山东实在过不下去了。

戴万龄跟随着爷爷和父亲，冒着风雪，推着那辆装载着坛坛罐罐等所有家当的小车一路北行。他们披星戴月，艰难跋涉了数月，终于在吉林省额穆县黑石江东戴家堡子落脚。这里成为他们的新家。

那时，这个地方还不叫敦化，而叫鄂多哩城。它位于吉林省东部山区，长白山北麓，境内群山环绕，层峦叠嶂，最高峰为老爷岭。中部分布着多处丘陵、台地和河谷平原，境内河道均属松花江水系，以牡丹岭为界分牡丹江和富尔河两大流域，素有“千年古都百年县”之称。

“千年古都”指的是，公元 698 年，靺鞨族粟末部首领大祚荣率众在敦化东牟山建都称王，号称震国。公元 713 年，唐玄宗册封大祚荣为左骁卫员外大将军、渤海郡王，加授忽汗州大都督。从此“震国”改称“渤海”。渤海都城初驻旧国，即今天的敦化。渤海国成为唐王朝统治中国东北地区的地方民族政权，距今已有一千多年。

"百年县"是指，1882 年 4 月 7 日，经清朝第十一位皇帝爱新觉罗·载湉（光绪帝）批准，在阿克敦城西二里的地方建立新城，取名敦化县，距今已有 100 多年。"敦化"一词出自《中庸》的"大德敦化"，有"敦化风俗"之意，这就是敦化县取名的缘由。1912 年，中华民国成立后，敦化县改为敦化县公署，全县共划编为 39 警区，设 5 个乡，分别是敖东乡、沙镇乡、怀德乡、城山南乡、城山北乡。《清史稿》记载："敦化，清始祖居鄂多哩城，即此。初为额穆赫索罗地。光绪八年建新城置，隶吉林。"[①] 这里是清朝皇室发祥地。清始祖爱新觉罗·布库里雍顺在这里居住，并平定三姓之乱，创建第一个满族政权。

敦化建县时有居民 400 多户，辖 49 警区，设 8 个乡，分别是怀德东乡、怀德西乡、敖东城乡、敖东屯乡、城山南乡、城山北乡、沙镇东乡和沙镇北乡。到 1924 年 4 月，敦化全县总户数有 5257 户，人口 32962 人，主要居住在县

① 敦化市革命老区建设促进会:《敦化市革命老区发展史》，经济日报出版社，2023，第 10 页。

城、沙河沿、黄土腰子、马号等地，包括县城在内有106个村落。县城之外的居民大部分从事农业，少部分从事狩猎、采药。农民主要种植小麦、玉米、大豆、马铃薯等作物。县城内有大小商铺140多户，饮食店约90户、皮革店15户、药店20户、鞋店10户。①

清朝末年，敦化流民中流传着这样一首歌谣：

将军重武备，旷野开新边。
再徙境内民，跋涉戍寒烟。
遥落早无家，何堪更远迁？
驱驰数百里，囊底无一钱。
裹粮日不给，锄镭多弃捐。
空山绝四邻，豺虎时盘旋。
伐木营板屋，粗具三两椽。
连朝雨复落，举室无安眠。
寡妻病哀惫，丁男衣不全。

① 敦化市革命老区建设促进会:《敦化市革命老区发展史》，经济日报出版社，2023，第25页。

有地皆蓁荆，手足徒胝胼。
长子被官役，辛苦恒经年。
鹄面向行客，欲语先涕涟。
云自江南来，未谙严寒天。
微躯历患难，异域谁见怜。
闻有宽大诏，归梦犹迍邅。
藜藿免饥饿，性命聊苟延。
哀哀叹孤独，乡信难为传。①

敦化的荒凉、人烟的稀少、天气的严寒、生存的艰难可见一斑。

戴万龄一家来到戴家堡子落脚。三年后，1878 年清朝成立阿克敦荒务局，开始招民开荒，由赵敦誠主持放荒、征税等事宜。敦化进入大开发的年代。

戴家父辈抓住了这一历史机遇。他们首先开垦荒地，种植农作物，解决一家人填饱肚子的问题。他们先后在南

① 王兴:《戴家大院》，吉林人民出版社，2020，第 145-146 页。

台子一带开了128垧土地，把小南山周边耕地连成片，总共400多垧。靠着耕种这一连片的土地，戴家人收获了第一桶金。不愁温饱后，戴家人把为数不多的积蓄用于开办榨油坊、面坊等手工业作坊。

戴家逐渐发展起来。富裕起来的戴家人丁兴旺，戴家堡子已经限制了他们的发展空间，于是戴家开始分流，戴万龄一支来到敦化县沙河沿。

沙河沿，位于吉林省敦化市东北部，距城区25公里，东、南、北三面环山，东部山岭连绵，森林覆盖，中间为河谷平原，东高西低。南与大桥乡相邻，西与江南镇毗邻，北与官地镇相连。沙河沿离敦化城区较近，为戴家的发展提供了便利条件。

首任知县赵敦諴听闻沙河沿有个四世同堂的大家族，是一家60来口人的大户和当地首富。他趁着下乡办事之机，特意来到戴家。赵知县被戴家取得的成就震撼了。他当众夸奖戴家几代人宏图大展，业有所成，挥笔即书“忠孝堂”三个大字，赞扬戴家为国尽忠，为族尽孝，创造了佳绩。此后，“忠孝堂”的匾额悬挂于戴家大堂。

戴万龄是戴家的长子，戴家父辈十分重视对他的培养，请了多名先生教他念书识字。戴万龄虽不爱念书，但却十分痴迷于听书。戴万龄从评书先生那里了解到了杨家将、岳飞、梁山好汉的故事。这些故事对少年戴万龄爱国主义思想的形成产生了重要影响。

对戴万龄的人生观产生重要影响的，还有来自孔孟之乡的儒家思想和戴万龄父母的佛教信仰。长大后，戴万龄非但没有纨绔子弟做派，反而有一颗见不得穷人受苦的慈悲、仁爱之心。

戴万龄

（东北抗日联军某团副团长）

戴万龄 15 岁结婚，婚后生育 6 子 4 女（1 女夭折）。其中，6 个儿子分别是长子戴克勤、次子戴克俭、三子戴克吉、四子戴克志、五子戴克选、六子戴克政。“克勤”“克俭”“克吉”，有“勤俭家业才能兴旺发达吉利”

之意。他说，人要有志向，要精忠报国，故给四子取名“克志”。如果儿子能入选官府做官，他希望能像包公那样公正不阿、为百姓做主，故给五子取名“克选”，有盼望入选、金榜题名之意。他说做人要走正道，故给六子取名“克政（正）”。

在《戴家大院》一书中，专门记述了戴万龄给六子起名的考虑，他对戴克政说:“我给你起的名字，要求你克制自己，做出正确的选择和决断。”

六个儿子的名字，反映了戴万龄的道德理念和家国情怀。这种道德理念和家国情怀，成为戴家发展的精神基石。

戴万龄成长起来后，开始掌家。他在原有家族产业的基础上，继续深耕发展，开辟了1500亩土地，用于养马放牛。进入20世纪后，戴家的生意越做越大，粮食堆积如山，猪牛马羊和梅花鹿成群成圈；戴家的百货店、药材店等商铺和烧锅、油坊、磨坊、粉坊、豆腐坊等作坊遍及敦化、宁安、官地等地。在戴家打工的工人、农民就有几百人。

戴家的新宅院拔地而起。

那是一座东西长约 200 米、南北宽约 100 米的四合院，共有房屋 80 多间，光院墙就高达 3 米。

人在贫穷时，能吃一顿饱餐都是奢望，而在富甲一方之后，防贼防盗则是头等大事。对人慈悲为怀的戴万龄，却被土匪惦记上了，他家先后 4 次遭遇匪劫。损失钱财事小，人身安全的风险使戴万龄如坐针毡。其中有一次，戴万龄痛失爱妻。那一年，谭氏年仅 18 岁。为此，戴万龄数次改名为彭龄、喜龄、希龄、凤龄。戴凤龄是他使用时间最长的名字。

为防范土匪侵扰，戴家在院墙四角筑起了炮台，雇了一批家丁看家护院，其家族武装发展到数百人。自此之后，为了震慑土匪，身材高大的戴万龄常常腰挎大匣枪，骑着枣红马，威风凛凛，出现在大街小巷，巡视他家设在各地的生意。

匪患现象让戴万龄明白了一个道理：正确的人生观需从小孩抓起。于是，他在家里开设了私塾，让孩子们熟读四书五经，学习历史、军事等内容。1907 年，林伯渠以新任吉林省巡抚朱家宝随员身份前往东北，筹谋联络当地马匪反清，失败后仍留东北管理学政，担任吉林省教育厅视学。他与敦化县知县谢祖荫共同拟定《整顿敦化学务办法六则》，推动了敦化教育的发展。1910 年，在县城西北角建立了中区第一初等小学堂。1911 年，在沙河沿设立西区第一初等小学堂；在苇子沟设立东区第二初等小学堂；戴万龄在城山南乡的马号设立西区第三初等小学堂。

戴万龄认为，仅在乡下读书还不够，他心中几个儿子理想的教育之地是大中城市。于是，等孩子们生活能够自理之后，戴万龄就把他们送到敦化、吉林等城市接受正规学校教育。除了让孩子们学习书本知识，戴万龄言传身教，当好家庭第一任老师。平时，孩子们吃饭掉了饭粒，他都让他们捡起来吃掉，并严禁子孙喝大酒、抽大烟、赌博和懒惰。

另外，戴万龄对待左邻右舍穷苦的农民亲如兄弟。他宅心仁厚，乐善好施，性格直爽，忠肝义胆，在当地颇有声望。遇到灾荒年景，戴家都主动减租，慷慨解囊，救济乡亲。他家曾收留 4 个讨饭的老人长期居住，为他们养老送终。戴万龄从不强人所难，每到收租时节，他常常宣布“低息”“缓交”，有时碰到收成不好，干脆直接“免租”，正因如此，戴万龄深受乡邻爱戴。

戴万龄富有正义感，具有崇高的威望，被沙河沿村村民推举担任百户长（相当于今天村主任的职务）。虽然只管百户人家，算不得什么官，但为大家服务的思想却在戴万龄的脑海中树立起来，并根深蒂固。在戴万龄的带领下，沙河沿村村民积极开展农业种植，开设手工业作坊，日子一天天变好。为维护一方治安，戴万龄还牵头组织了拥有百余枪支的民团。

半个世纪过去，戴家从一贫如洗发展到当地首富，实属不易，也见证了从戴万龄祖父到戴万龄一辈乃至戴万龄儿辈的聪慧和奋斗历程。

在敦化一带，还有一个人与戴万龄同样有着闯关东经历，他叫王德林，原名王林，1875 年出生于山东省沂水县徐家洼子村。他出身贫寒，仅读两年私塾便自

王德林
（中国国民救国军总司令）

谋生路。1895 年春，刚刚 20 岁的王林为了谋求一条出路，和同乡一起“闯关东”。来到东北后，靠着年轻力壮，王林先在张广才岭伐木，后去密山烧窑，又到双城子俄国人开的工厂打工，备受欺凌。

1900 年，王林应募修建中东铁路。这一年，从他的家乡山东至北京，爆发了义和团运动。东北义和团应声而动。身强力壮、爱憎分明、喜交朋友的王林，被工人们推为领工。沙俄以保护侨民为借口，出兵入侵东北。各地抗俄义军纷起，王林动员近 2000 名工人参加了“御俄寇，复国土”的刘单子“忠义军”。

忠义军失败后，王林自任“抗俄义军大队长”，继续从事打击沙俄侵略军的正义事业。1903 年 4 月，王林在绥芬河畔举起“排俄救国，被逼为寇”的大旗，成为“大当家”，从此步入绿林生涯。他对部下约法三章：一、中国人绝对不准扰害中国人；二、对沙俄和殷商富户，只要投降，不准轻加杀害；三、爱护和援助穷苦人。在王林的率领下，这支绿林队伍救济穷人，袭击沙俄、官吏，绑洋票，斥日人，深受中东铁路沿线和中俄边界一带百姓的喜欢和称赞。

此后十余年间，王林率部以侵华俄军和贪官污吏、汉奸巨恶为打击目标，打九站，攻七站，袭十站，一度占领索罗瓦拄及苇沙河、雅伯利与新站等地；对群众，王林则秋毫无犯，东北人民亲切地称他为“义盗红胡子老王林”。

吉林督军孟恩远闻知王林的义举，派员前往宣抚招安，王林考虑久居绿林非长远之计，又闻听孟督军为人宽厚，于是拉队下山。1917 年 11 月，王林被委任为东北陆军第一旅第一团第三营营长。孟恩远得知王林在做绿林好汉时，德泽于民，便建议他在“王林”名字中间加一个“德”字。从此，王林改名“王德林”，字惠民。由于王德林带领的三营几经整编仍为三营番号，故称为“老三营”。

“老乡见老乡，两眼泪汪汪。”

有一天，戴万龄与王德林这两位山东老乡在宁安县城相见了。对有的人来说，相识是人生经历中的一瞬间，稍纵即逝，日后可能形同陌路；对有的人来说，相识意味着相仇的开始，没有结识，哪来仇恨；而对于有着共同的闯关东经历、同样的为民情结的戴万龄、王德林来说，此次相识，两人都有一种相见恨晚之感。此后，两人不仅在生活上成了生死相依的兄弟，而且在人生道路上也成了志同道合的战友。

1930 年 1 月 18 日，两人互换盟书，结拜为兄弟。盟书中写道：

> 双方志愿，义结金兰。
>
> 情投意合，互相帮助。
>
> 天地为证，永不相负。

第二章

日军侵犯敦化

日本早就对敦化虎视眈眈。

敦化地处长白山腹地，森林资源十分丰富。建县后，这里的百姓围猎火垦，樵采种田。伐木者冬天将木材运至水边，春天流送。初期，伐木者要到官府领取“斧票”，凭票入山，后因林政紊乱，无票者也入山。采伐的树种多为针叶树，其中红松占 90%，主要用于建筑用材、家具和寿材等。

据《吉林外记》[清光绪二十一年（1895 年）刻本]

记载:“吉林为产木区，家家柴薪堆积成垛，不但盖房所用梁柱、椽、檩、炕沿、窗棂，一切大小木桩，即便街道围墙，无不悉资板片。”①

为了掠夺中国东北的森林资源，1905 年，日本政府与清政府订立《中日会议东三省事宜条约》，使日本获得在中国东北的森林采伐权，从此，敦化被纳入日本在东北的势力范围。

1907 年，吉林劝业道出资一万元，开办了吉林林业公司。为开发五常及额穆方面的四合川林场，还设立了吉兴林业统局（以后改成永衡林业公司、松江林业公司、永衡官银号），在额穆、敦化、桦甸三县内，占有 150 万公顷的国有林采伐权。这样，从清末民初，敦化的森林逐渐走向资本主义的开发。1912 年，由于国有林广大，政府无力经营，于是便颁布了《东三省国有林发放规则》。依据这个规则，敦化县自 1918 年开始大量发放林场，先后发放 37 处，面积 90454 方里（每方里为 25 公顷）。林场的大量

① 敦化市政协文史资料研究委员会:《敦化文史资料》（1—2 合集），第 645 页。

发放，加速了森林的开发与破坏，外国侵略势力也趁机到中国抢占森林资源。其中以日本的“大仓”“王子”“三井”“三菱”等大企业集团尤为活跃。他们得到了当时的吉林省督军孟恩远（亲日军阀）的支持，于1917年至1919年先麇集到吉林，并投资1700万元，成立了“富宁”“华森”“黄川”“丰材”“兴林”等五大林业公司。其中，富宁造纸公司拥有南牡丹岭、张广才岭、威虎岭11个林场的采伐权，兴林造纸公司得到了敦化、额穆县11个林场的采伐权。这些公司虽然多以所谓“中日合办”的形式出现，但由于日本人投资额占了大部分比例，各公司的实权都掌握在日本人手中。①

1926年，日本海株式会社在敦化建立支社，以采伐和利用敦化的木材为主业。

此后，日本强迫北京政府与之签署《吉敦铁路延长承造合同》。

1928年10月10日，日本政府强迫东北地方政府开工

① 敦化市政协文史资料研究委员会:《敦化文史资料》(1—2合集)，第646页。

建设的吉林至敦化的铁路通车后，日本木材商人山本良尊、石田健次、花田胜之助、增子石太郎等到威虎岭、寒葱岭等地砍伐森林，敦化成为当时吉敦铁路线一带的采伐中心。

1931 年 9 月 18 日傍晚，日本关东军铁路守备队的川岛大尉带领 105 名士兵，以演习为名，趁夜黑离开虎石台兵营，沿南满铁路向南急进至沈阳城西北郊柳条湖，散开警戒。晚 10 时许，6 名携黄色炸药的士兵，将炸药埋设在一处路轨接头处，然后点燃引线。在轰然一声巨响中，一段铁轨被爆炸气浪平推到路基以外。日方反诬中国军队破坏铁路。

这声巨响，发出的是一个战争信号，驻守在沈阳城四周的日军分作南北两路：南军是关东军第二师步兵第二旅所属步兵第二十九团约 1500 人，在团长平田幸弘统领下，猛攻沈阳城；北军是关东军铁路守备队步兵第二营 4 个连约 500 人，在营长岛本正一统领下，从北、西、南三面合击中国军队核心阵地北大营。

北大营，是东北边防军沈阳驻屯军军营，位于沈阳城北，距城区有七八里地。驻守北大营的是东北边防军第七步兵旅，辖步兵 3 个团，连同特种兵、辅助勤务部队，约有万人。

9 月 18 日这天，正逢第七旅发饷。官兵皆因新领到薪饷，或到营门外购物、下馆子，或忙着往家中汇款，这就使防务有些松懈。各营连刚刚入睡，忽闻大营西南角柳条湖方向传来“隆隆”爆炸声。稍后，营垣西围墙外便枪炮声大作，日军越过铁路线，向守卫西围墙的东北边防军第七旅第六二一团发动猛攻。

面对来犯之敌，东北军准备还击。但旅长王以哲因出席省府举行的商民赈济水灾大会，会后未回大营，直接回了城内家中。主持旅部工作的参谋长赵镇藩便向东北边防军司令长官公署请示对策。长官公署参谋长荣臻答道：“不得抵抗。”

19 日凌晨 4 时许，关东军铁路守备队第五营已进抵北大营围墙外，配合岛本第二营合击北大营。东北军第七旅的一些营、连长见日军在营区横冲直撞，如入无人之境，便不顾“不得抵抗”命令，令士兵取出弹药，据守各处阵地，与日军对战。

为了缓和事态，王以哲回到旅部后下令六二〇团据守营垣东门，各部相互掩护，与日军脱离接触，由东门突围，放弃北大营，向东大营转移。

东大营位于沈阳城东二十里。待北大营撤出的部队到达东大营时，关东军骑兵冲出六二〇团阻击线，乘夜追来。东大营官兵闻讯如惊弓之鸟，又拔营向东溃退。5时半，东北军第七旅退到沈阳东山嘴子，日军占领北大营。战斗中东北军伤亡300余人，日军伤亡24人。

在日军发动九一八事变时，国民党陆海空军副总司令，统辖辽宁、吉林、黑龙江、察哈尔、绥远及河北、山西等省军事，驻节北平顺承王府的张学良，正由夫人于凤至和赵四小姐陪同，在前门外中和戏院看京剧。突然，沈阳的紧急军情传到了北京。随从副官来报：沈阳有长途电话呼叫，甚是紧急。张学良匆匆离开戏院，回到他就医的协和医院。从沈阳打来电话告急的是东北边防军司令长官公署参谋长荣臻。他告诉张学良，18日夜10时30分左右，关东军铁路守备队自行炸毁柳条湖一段铁路，然后向北大营发动进攻。另有日军一部正向沈阳城门冲击。还说，日军已在晚 11 时冲进六一九团营房，刺刀乱捅，手榴弹乱扔，六一九团火光冲天，已有数十人伤亡。

张学良沉思片刻，下令:“即使日军来攻，也未必是全局性行动，令各部照原先安排，隐忍持重，不要抵抗，静候中央以外交手段解决。”①

放下电话，张学良急召北平的军政要员到顺承王府开会，商讨对策。到 19 日清晨，众人聚齐，会议开始。张学良开门见山略述荣臻所报情形，向众人问计。文员以顾维钧为首，主张不使事态扩大，静待“国联”向日本施压，迫使日军停火撤军。武将以于学忠为首，则说:“关东军只万余人枪，却在东四省横行霸道，是视我东四省军民如草芥。虽说避免全面冲突是上策，也应集中几个国防旅与关东军一拼。就算牺牲几万人马，也可挫敌锐气，使其不至狂妄自大，也可见谅于父老乡亲。”② 会议开到中午，

① 楚云:《中日战争内幕全公开》，时事出版社，2010，第 44 页。
② 同上。

仍然众说纷纭，是战是和，没有定见。

民国时期著名报人，政论家王芸生在《国闻周报》上对该事件发表的言论令张学良印象颇深：

> 不抵抗主义这个名词，并不是由张学良创始的，但是如今我们，一提到不抵抗主义，可就会联想到张学良，张学良是这个主义的实行者……我敢武断地来说，假如东北负责当局不是张学良，九一八事变，任何人十分之九也是不抵抗。在民国十八年的中东路事件，张学良不是抵抗了吗？闹了个损兵折将，大为失败，内外责言，这是促成张学良不抵抗决心之原因也。中东路事件给日本人一个暗示，暴露了中国人幼稚无能不团结。当九一八事变之前，日本军人高呼惩膺张学良，消灭东北政权。张学良本人也知道将会有事情发生，但是他总存有万一的心理："日本或者是不敢吧？"等到九一八事变发生了，他觉着"打是打不过日本的，以不抵抗对付之，不使事端扩大，以待国际来解决"。那时候张学良是这种心理，中央也是这

种心理。所以我说就是换作他人是东北边防司令长官，也是十分之九的一样不抵抗。①

有了张学良不抵抗的态度，加之国民党的不抵抗政策，近30万东北军不战而退。

9月19日，日军攻占沈阳。当日掠地千余里，攻陷长春、营口、抚顺、安东等20座城市。

21日，驻朝鲜的日军第二十九旅渡过鸭绿江，攻占吉林。

22日，日军由步兵第三十联队附榎本宫中佐指挥，以第二大队为基干临时编组的支队，乘客车7辆、货车5辆，从吉林出发，逼近敦化。

23日，敦化守军王绍南团接到“不抵抗命令”后撤退。日军天野旅团清水支队以一个排的兵力占领敦化城。②

日军占领敦化后无恶不作。难怪贤儒镇太平山村的

---

① 窦应泰：《张学良遗稿：幽禁期间自述、日记和信函》，作家出版社，2005，第82-83页。

② 中共敦化市委党史研究室：《中国共产党敦化历史》第一卷（1921—1949），吉林人民出版社，2011，第42页。

老百姓说:“能过去山海关，过不去太平山！太平山是‘阎王殿’，太平山是‘鬼门关’！”在太平山，日军时常把路过的百姓抓来绑在树上当靶打，打够了，又对着半死的身体练刺杀。有一次，日军从岭前绑来一对新婚的小两口，强迫他们自己挖坑，挖好后就把他们活埋了。冬天，日军把抓来的人成批成批地绑在旗杆上冻死。天暖时，他们便在屯外支起白帐篷，把抓来的人关在里头，用药烟熏死；有时，他们往活人身上浇上汽油，点着火活活地烧死。这种灭绝人性的屠杀，在太平山一直持续了五年多时间。[①]

在漫长的 14 年间，敦化共有 8975 人死在日本侵略者的屠刀之下。

为了掠夺这里丰富的林木资源，日本侵略者在敦化设立了 30 多个采伐点，并修筑了 3 条森林窄轨铁路，即新开线、沙河线和额穆线，共计 224.6 公里，专门从事木材运输，每年至少运出 317537 立方米。仅 1938 年一

① 中共敦化市委党史研究室:《中国共产党敦化历史》第一卷(1921—1949)，吉林人民出版社，2011，第 46-47 页。

年，日本侵略者在北大秧、黄泥河、牡丹岭、敦化、新开岭、沙河、大石头和三道沟等处，就采伐木材879500石。整个伪满洲国时期，他们至少掠夺了1330万立方米的优质木材。① 据统计，1929年敦化林木总蓄积量为9152.6万立方米，到1942年仅剩6846万立方米，减少2306.6万立方米，这一时期由于日本掠夺木材而遭到破坏的敦化林地面积多达14.8万公顷。森林质量大幅下降，到1949年10月，敦化森林覆盖率下降20%，次生林比重增加40%，森林外沿后撤20公里。日本的掠夺式疯狂采伐，致使敦化的原始森林濒于绝迹。②

从1932年开始，日本向敦化大量移民。《敦化市革命老区发展史》记载，日军先后向敦化等地移民11批。1933年2月21日，日军将第一批移民编成一个中队，共150人，由熊谷伊三郎大尉率领，于4月1日全员进入敦化县永丰镇。1936年4月，日军在伪满洲国新京召开第二

① 中共敦化市委党史研究室:《中国共产党敦化历史》第一卷(1921—1949)，吉林人民出版社，2011，第55-56页。

② 中共敦化市委党史研究室:《中国共产党敦化历史》第一卷(1921—1949)，吉林人民出版社，2011，第57页。

次移民会议，讨论了关东军制订的《满洲农业移民百万户移住计划案》，提出在20年内向东北入殖百万户500万人的目标。此后加快了向敦化移民的步伐。1941年7月，日军第10次集团类移民，入殖敦化县大荒沟，团名“敦化神户”；1942年2月，日军第11次集团类移民，入殖敦化县杨木林子，团名“敦化宇检”。

战争期间，敦化成为日本的一个军事基地，驻有重要指挥机关和大量军队，并修建了6个飞机场，包括3个临时起降场。日军还在敦化、秋梨沟、大桥、沙河沿、大山嘴子、塔拉站，乃至镜泊湖沿岸的四周山体上开挖了许多巨大的山洞，作为军用物资储备仓库。日本战败前夕，盘踞在东北的日本关东军将大批军队和武器装备，尤其是具有重大杀伤破坏作用的化学武器，集中到敦化一带，准备负隅顽抗。从1945年4月上旬开始，日军就从梅河口、鞍山、五常、图们等地，向敦化运送大批军用物资，包括毒化武器弹药。这些物资都堆积在沿哈尔巴岭、大石头、大桥和秋梨沟乃至大山嘴子至沙河沿一带的铁路西侧，长达一公里到几公里不等。由于苏联红军向关东军突然发起攻击，驻敦化的日军来不及对化学武器进行处理，就将化学武器与普通武器一同丢弃而逃跑。有许多未被处置的毒气弹被遗弃在河道、山谷，甚至马路旁。敦化成为中国境内迄今最大的日遗化武埋藏点，后经中日双方调查推算，该地埋藏日遗化武约 33 万枚。

这些日军遗弃的化学武器对中国人民的生命财产安全和中国的生态环境造成严重危害。从 1945 年日本投降起，敦化境内就不断有人因接触四处散落的炮弹、毒气弹而受伤死亡，仅大桥乡就死伤百余人。据当地文献记载，敦化全县死于毒弹有姓名在册的就有 747 人。最早一起是 1945 年 9 月，西吉祥村一枚日遗毒弹（航弹）爆炸泄漏，全村 30 多户 200 多人中有一半中毒身亡。1947 年，每个月都有人受日遗毒弹伤害致死，全年共计 92 人。少的月份死亡 1 人，最多的 8 月份死亡 24 人。

有一首歌这样唱道：1931 年，倭奴侵占满蒙，半载间，攻我辽吉，炮击龙江垣。杀我同胞似牛马，血流东北边，言之落泪，思之痛惨。痛哉，惨哉，死得最可怜。

愤哉，慨哉，生我做何干？朝鲜沦亡数十年，可作前车鉴。①

哪里有压迫，哪里就有反抗。

1926 年 6 月 1 日，日本政府强迫东北地方政府开工建设吉林至敦化的铁路。此后，日本强迫北京政府与之签署《吉敦铁路延长承造合同》。

为抵制日本取得修筑铁路权，在签署这一合同的当日，吉林省议会致电全省国民，呼吁“对日本此项铁路建设权之要求，誓死拒绝到底”。

“戴万龄深明民族大义，曾资助过反对日本修建吉林至敦化铁路的活动。他对日本人在东北的霸道行径深恶痛绝，对其狼子野心心存警惕，早就为抗日做准备，陆续变卖了城里的商铺，花重金购置了 100 多杆枪，还聘了一个东北军退役李姓军医到‘戴家大院’坐诊。”②

1930 年 5 月 5 日，敦化、额穆两县召开 1500 人参加

① 中共敦化市委党史研究室:《中国共产党敦化历史》第一卷（1921—1949），吉林人民出版社，2011，第 104-105 页。

② 周长庆:《抗日英雄戴万龄和他的“戴家军”》，《新华每日电讯》2023 年 11 月 3 日。

的群众纪念大会，打死3名亲日分子，烧毁高利贷契约和账据。这一“红五月斗争”掀起敦化民众反帝反封建的热潮，有力打击了日本侵略势力和地方封建势力，促进了民众的觉醒。

1930年7月，根据中共满洲省委《关于“八一”运动的决议》（以下简称《决议》）精神，中共满洲省委东满特派员朴允瑞来到敦化，成立吉敦线临时党支部。为贯彻省委《决议》精神，朴允瑞派员到敦化帽儿山召开干部联席会议。会议决定，成立由马天穆、朴允瑞、白首（金宝铉）组成的总指挥部，进行暴动组织工作。总指挥部下设行动委员会，辖3个暴动队，队员约200名，群众约600名。第一大队是额穆大队，第二大队是敦化大队，第三大队是蛟河大队。会议制订了暴动计划，确定暴动时间为7月31日夜至8月1日天亮之前，在东满地区一致行动，破坏铁路，袭击中日官宪，夺取武器，切断通信线，散发宣传文等。

按照预定计划，7月31日夜，各暴动队到达指定地点，8月1日拂晓开始暴动。

暴动队破坏铁道线路，在吉敦铁路线小姑家站至拉法站间，烧毁了两座铁路木桥，砍断了蛟河站至柳树河站间10余根电线杆，掐断电话线……

在敦化，李春带领50名暴动队员，袭击了县公安局南黄泥河子第三区驻所，打伤2名警士。李范洙、韩承雨带领40名暴动队员，袭击了驻扎在敦化城西南的东北陆军第七团游击中队兵营，打伤7人。郑镒广带领50名暴动队员，袭击了沙河沿的敦化县公安局第二区驻所和陆军第七团驻所。

在新开岭，刘世镇带领60名暴动队员，袭击了新开道保卫团第一分队，夺取一批军用物资，包括步枪10支、子弹千余发，并放火烧毁了5间兵舍。这是此次暴动取得的最大战果。

“八一暴动”使吉林省反动当局大为震惊，他们惊呼“八一暴动”是“世界共产党举行的大规模运动”。随后，东北边防军驻吉林副司令官公署、吉林省政府通电东北各地，要求坚决镇压，并紧急调遣了大批军警进入该地。一时间，吉敦沿线处于白色恐怖之中。

几个月后，中共敦化县委成立，全县共有党员 60 余名。这是敦化建立的第一个党组织。它的建立，为九一八事变后在敦化建立党领导的抗日游击队和开辟抗日游击根据地打下思想和组织基础。

此时，一个名叫陈翰章的青年才俊刚刚从敦化县敖东中学毕业，他成为党发展的重点对象。

陈翰章，满族，1913 年出生在敦化县半截河屯的一个农民家庭。全家有 6 口人，祖父陈宝珠，父亲陈海，母亲宫氏，还有两个姐姐。陈翰章出生后不久，母亲去世。作为三代单传的男孩，陈翰章在家中受到宠爱，但他却没有少爷习气。

在陈翰章的孩童时期，对他幼小的心灵影响较大的是一个叫“赵板腰子”的人，他是陈海的好朋友，50 来岁，无家无业，是东山里的一个老伐木工人，淘过金，打过猎，挖过人参，走南闯北，见多识广。陈海把他留在家中，一方面让他帮忙干点农活，另一方面解除他的养老之忧。赵板腰子无事的时候，就把自己几十年的生活经验和听到的有趣历史编成故事，讲给陈翰章听。听完那些古代英雄人物的壮举，陈翰章十分羡慕和敬佩那些英雄，立志长大后也要做一个像岳飞那样为国杀敌的爱国英雄。就这样，陈翰章度过了一个无忧无虑的童年。

9 岁那年，爷爷送他到邻村一个私塾跟部先生念书。第二年，他又到敦化城南关跟王少青老先生念书。12 岁时，他正式到城里私立宣化小学接受全日制教育。这个学校有点半私塾半官学的性质，既学古文，也学新功课。到 14 岁那年冬天，县教育局招考私塾教员，陈翰章为了测试一下自己的学习成绩，也去报名。考试的结果大大出人意料，在 37 名考生中，陈翰章居然考了第四名。这下子他可出名了，人们都叫他“神童”“小才子”！但陈翰章并没有骄傲，他的年龄还小，也没有当塾师的打算，所以继续留在小学读书。

陈翰章

（东北抗日联军第一路军第三方面军指挥）

1927 年 6 月，城里成立私立敖东中学，陈翰章考入这所中学。敖东中学是城里几个士绅集资创办的，目的是培养自己家庭的子弟，因为学生数量太少，也招录了部分普通人家的子弟。陈翰章因为小有名气，并在入学考试中考了第一名，所以被学校录取了。

《敦化市革命老区发展史》一书记载，敖东中学校长由吉林省教育界名士、曾任省师范学校校长的张成之担任。他到任后，聘请了许多业务精湛、思想进步的优秀教师，如湖南第一师范学校毕业的郭度、北洋大学毕业的杜占杰、南京金陵大学毕业的袁义生、北京平民大学毕业的吴桓颐、厦门大学毕业的安达洲，还有省内知名教师程沐寒、何云祥等。1929 年，程沐寒担任学监后，把五四运动后的一些进步思想向敖东中学的学生传播，使学生不仅扩大了视野，而且受到了进步思想的熏陶。从厦门大学毕业的安达洲，受聘而来负责教英语和数学后，他的进步思想在潜移默化中培养了学生的反日爱国意识。这个时期，敖东中学是敦化县进步思想的主要宣传阵地。

在敖东中学，渴求新知的陈翰章如鱼得水，他广泛地阅读新书报，因而思想进步得很快，他经常和同学们争论各种问题，有时也到街上去宣传反帝反封建思想。他口才好，文章也写得好，再加上参加社会活动很积极，所以在同学中威信很高。第二年学校成立了学生自治会，陈翰章被选为负责人之一，并主编校刊《敖中》。①

陈翰章和数理化兼英文教员高老师比较亲近，高老师毕业于山东济南齐鲁大学，思想进步，经常给陈翰章讲国共怎样合作，怎样进行北伐大革命、打倒军阀，“四一二”国民党怎样背叛革命、屠杀革命者等的事。

当时，东北正处在军阀张作霖的统治之下，宣传革命被看作违法行为。正当陈翰章要请高老师给他详细讲一讲共产党是怎么回事时，高老师突然失踪了。警察到学校来抓他，没抓到。

这件事对陈翰章影响很大，他开始意识到军阀的反动性，他下决心做打倒军阀的革命者。

1930 年，敖东中学的毕业班分成了两个组，一个是升

① 温野、臧秀:《抗日英雄陈翰章》，辽宁人民出版社、吉林人民出版社、黑龙江人民出版社、延边人民出版社，1959，第 5 页。

学组，一个是教育组。家庭有钱的、能升得起学的，到升学组学习；升不起学的就到教育组，学习一般的师范课程，毕业后去当教员。陈翰章因为升不起学，就到教育组学习去了。

1930 年 12 月底，陈翰章从敖东中学毕业。毕业考试成绩揭晓，他是全班第一名。在毕业典礼大会上，陈翰章作为毕业生代表做了精彩的发言。他说："我立志从事教育事业，是为了培养优秀人才，改造国家，使她独立富强。但是帝国主义却不叫我们这样做，想把我们变成他们的附属国！同学们，假如我的理想因为帝国主义的侵略而被打破的话，我将毫不可惜。为了祖国，我一定投笔从戎，用我手中的枪和我的鲜血、生命来赶走敌人！"①

九一八事变后，陈翰章果真投笔从戎，参加了抗日救国军。在那里，他与戴万龄相识，成为知交。

"城西有个陈翰章，城东有个戴洪昌"的说法就是从此时开始有的。

---

① 温野、臧秀：《抗日英雄陈翰章》，辽宁人民出版社、吉林人民出版社、黑龙江人民出版社、延边人民出版社，1959，第 14 页。

第三章

走上抗日道路

戴万龄举家抗日，革命的引路人是王德林。

中国的抗日，并非自 1931 年九一八事变开始。在中华民族近代 100 多年以来的苦难历史中，一半以上时间是日本侵华史。日本“1894 年挑起甲午战争，1895 年侵占台湾和澎湖列岛，1900 年伙同其他帝国主义列强侵入北京，1904 年发动日俄战争、侵犯中国东北领土和主权，1914 年侵占青岛，1915 年提出‘二十一条’，1931 年策动九一八事变、侵占中国东北全境……”①

作为驻守在与日本隔海相望的中国东北的军人，王德林对日本侵华历史有着刻骨铭心的记忆，对于防范日军的侵略有着特殊的政治敏锐性。

早在九一八事变前，王德林就让副官把东北军下发的有关日军和苏军对华军事动态的资料送给戴万龄浏览。如1930年3月号的日本陆军机关刊物《偕行社记事》上刊登的日军武官关于1929年9月至12月苏军在满洲里对东北军作战的现场报告；日本《日日新闻》刊载的对“间岛”经济价值的分析；日本外交机构关于临时派遣队进入“间岛”的计划等。通过这些秘密抄件，戴万龄了解到：

> 俄国通过1860年签署的中俄《北京条约》，强占外兴安岭以南乌苏里江以东中国的辽阔土地以后，延边地区成为中国、朝鲜、沙俄三国交界处的一个特殊“三角地带”，特别是日本，在1905年改变了朝鲜的

① 习近平：《在纪念中国人民抗日战争暨世界反法西斯战争胜利75周年座谈会上的讲话》，人民出版社，2020，第3页。

宗主国之后，延边地区从事实上已经成为中国、沙俄、日本三国“国境”地区。延边地区是从朝鲜半岛进入我国东北地区的一条捷径。因此，日本军国主义者侵略东北，一直把旅大当作是“正门”，把延边地区当作“后门”。他们不加掩饰地说:“经过大连和安东进入满洲，非经过奉天不可，这就必然惹起中国人的注意，会有莫大的阻力。而由延边道进入，就可免却前项不利因素。”“从朝鲜清津起铺设铁路，经过延边直达吉林，就可大大缩短与日本的距离。因之，间岛是获取这一效果的重要立脚点之一。”①

这里说的“间岛”自古系中国领土，19 世纪后半期因大批朝鲜人非法越界垦殖而名，后日本恶意歪曲所谓的“间岛”范围，将延吉、汪清、和龙、珲春四县市纳入其侵略计划，妄图一举侵吞这些地方。

戴万龄还了解到：

① 王兴:《戴家大院》，吉林人民出版社，2020，第 72 页。

1928 年 10 月，延边人民反日修路斗争再掀高潮。延吉、和龙、汪清、珲春四县组织了反日护路联合会，并一致推举关俊彦、姜兆霖、刘彭龄、曹梦久等一行四人，代表延边各界人民先后赴吉林、奉天（沈阳）、南京等地请愿，很快赢得了省内外各界人士的声援。在三省人民的强烈要求下，迫使奉天当局免去了镇压群众运动的卖国官吏——吉林铁路局局长赵镇等人的职务，天图路的施工被无限延期。

明治维新以后，日本帝国主义者特别是日本军部为了实现其大陆政策，在吉东一带，修筑吉（吉林）会（朝鲜会宁）铁路，梦想连接吉长铁路。他们一面积极拉拢张作霖，一面又勾结吉东的官吏和地方的土豪劣绅，企图将吉会铁路分段修通，将东北的木材、粮食、矿产等资源运往日本本土……①

这些情况增强了戴万龄对日本侵略中国野心的了解，使戴万龄对于反日具有强烈的紧迫感和责任感。这为他以

① 王兴:《戴家大院》，吉林人民出版社，2020，第 75 页。

后参加抗日救国军奠定了思想基础。

1930 年，吉林省防军第二十七旅第六七六团第三营营长王德林率营部和九连从原延吉铜佛寺驻地，转移至瓮声砬子（今安图县明月镇）驻防。

瓮声砬子，是明月镇一处制高点，如果有人在砬子下面说话，就会产生一种轰鸣声，因此人们把这个砬子称作“瓮声砬子”。

在这个瓮声砬子上有“老三营”的炮台，山脚下便是“老三营”的兵营。

九一八事变后，为了在军事上控制东北，达到 24 小时即可将兵力部署在东北各要隘的目标，日军加快了修通中国吉林到朝鲜会宁的铁路的速度。1931 年年底，日军从南满铁路抽调了一批铁路技术人员，组成了敦图铁路勘测队，准备进入瓮声砬子测量。

12 月 7 日下午，荷枪实弹的日本“三友敦图铁路勘测队”7 名队员高举太阳旗，强行爬上瓮声砬子。手拿望远镜的日本测量队队员要到炮台前观察地势。正在炮台上执勤的哨兵是“老三营”九连二排周德才、徐大成等 4 名战士。他们当即阻止日军测量队的行动，告之：进入防区需出示营长的批条，否则不得进入，违者军法从事。但日本人蛮横拒绝，哨兵几次发出警告，日本人置之不理，继续向前挑衅，哨兵被激怒了。为了维护国家的主权尊严，为了军事重地的安全，值日班长史忠恒下令开枪，击毙了日本测量队队长和一名队员。这一壮举史称“瓮声砬子事件”。

日军敢于在瓮声砬子发起挑衅，的确事先通知过王德林。

九一八事变后，时任东北陆军第二十七旅旅长兼延吉镇守使吉兴，与伪吉林省长官公署长官爱新觉罗·熙洽沆瀣一气，逐渐沦为日本侵略者的帮凶。1931 年 10 月下旬，熙洽正式向日本侵略者投降，将延吉镇守使署改为延吉警备司令部，自任司令。至此，延边处于日本侵略者的控制之下。日本侵略者控制延边后，企图尽快贯通延边境内铁路，并为此实地勘察测量。1931 年 11 月末，熙洽打电话给驻扎在延吉县瓮声砬子的王德林，令他协助配合日本人对修筑铁路进行勘测。

吉兴也对王德林说:"有一件大事我想告诉你。日本人准备修通吉会线，这可是件好事情，火车一通方便多了，日本勘测人员要去你处勘测，你要尽力协助哟。"

王德林紧皱眉头，说:"吉旅长，敝营的防区你是知道的，军事要地，没有军政两署命令，外人绝不可擅自进入，这可是规矩!"

吉兴说:"是的……不过，这可是熙长官亲自答应的事啊，日本人性急得很，恐怕一时办理不齐，惠民啊，还是活一点吧。"

虽然吉兴和熙洽都曾给王德林打过电话，但王德林并未同意。

哨兵击毙擅闯军事禁区的日军武装人员，同王德林想到了一起。他坚决支持哨兵的正当行为。

日军则恼羞成怒，多次追查此事。吉兴完全屈从于日本侵略者的无理要求，派人到明月沟进行调查，并向侵略者道歉。王德林义正词严地顶了回去:"炮台是我军防守重地，任何人不得靠近。这两个人要强行爬上炮台，士兵开枪属于正常执行公务。"虽然这件事最终以“一场误会”

了结，但吉兴与熙洽商定，向在“瓮声砬子事件”中被击毙的两名武装勘测队员家属各发放3000元“抚恤金”，以示赔偿。

“瓮声砬子事件”不仅激怒了日本人，也使王德林在顶头上司吉兴面前成为“麻烦制造者”。

日本驻龙井的特务机关长河野悦次郎对于“瓮声砬子事件”极为恼火，他向熙洽施加了压力，其中透着威胁。于是，日伪共同密谋，决定以换防的形式将王德林部挤出延吉，排除日本人勘察测量以修筑铁路的障碍。

1931年12月中旬，伪吉林省长官公署会长熙洽“召王树棠至省垣，许以旅长，王德林亦升充团长”。王树棠被任命为旅长后，回敦化命令三营改编。他召开班长以上人员参加军事会议，传达熙洽命令，声言王德林升任团长，命令部队到敦化江东腰苇子沟屯梅家烧锅集合，换防到安图境内的倒木沟、车厂子一带驻防，最终把部队拉到黑龙江省去镇压马占山部队。王德林心里很明白，此时调防凶多吉少。如果调防，围剿马占山，中国人打中国人，这是有良知的中国人不能干的；如果不调防，就是抗命不遵，这是军纪所不容的。

他思来想去，认为硬顶不是上策，只能先把部队带出现在的防区，在换防途中寻找机会脱身！

这天，北风伴着雪花，“老三营”整装待发。王德林一身戎装，骑在那匹火红色的马上。在他的左右两边分别是同样骑着战马的几个助手孔宪荣、姚振山、胡振江、高俊凤等。

部队集合完毕，史忠恒策马来到王德林面前，朝着王德林致以军礼：“报告团长，队伍集合完毕，请指示！”

王德林还了一个军礼，然后深沉地对着部队道：“出发！”

队伍开始向北进发，来到敦化火车站。按计划要在这里乘火车到新的防区吉林。但在敦化火车站，战士们得知了到达新防区的任务是与马占山的抗日队伍作战。他们群情激愤：“我们为什么要去打马占山？”“我们不打马占山！”“中国人不打中国人！”

在官兵爱国思想的感染下，王德林大手一挥：“好！跟我走，向西，开拔！”就这样，王德林迈出了抗日的第一步。

后来，李延禄在《过去的年代：关于东北抗联四军的回忆》一书中，回顾了“老三营”投身革命的过程：“一九三一年‘九一八’日寇侵占我东北不久，有日本‘敦图线’铁路测量队人员，企图闯入驻延吉的东北军原第十三混成旅第七团三营的防地——瓮声砬子（又名明月沟）。他们不听警告，为值日班长下令击毙两人（有七八人之说），余者鼠窜而逃。日伪当局得讯，反而将三营调往吉林驻防，声言提升三营营长王德林为团长。三营奉命移动，由敦化上火车之后，全体下级官兵闻知将去吉林，顿然变色，忿不受命。王德林在全营官兵抗日要求和敦促之下，拒绝西上，把队伍拉到汪清县境的小城子兵营去，开始酝酿抗日。”①

这里说的在小城子兵营“开始酝酿抗日”，是说小城子兵营成为王德林率领的“老三营”转变为抗日军队的“转折点”。

① 李延禄口述、骆宾基整理：《过去的年代：关于东北抗联四军的回忆》，黑龙江人民出版社，1979，第1页。

中国共产党对王德林这支部队早就予以关注。

1931年9月20日，中共中央发表《中国共产党为日本帝国主义强暴占领东三省事件宣言》（以下简称《宣言》），响亮地提出“反对日本帝国主义强占东三省”的口号。9月22日，又作出《中央关于日本帝国主义强占满洲事变的决议》（以下简称《决议》），号召“党在这次事变中的中心任务是：加紧的组织领导发展群众的反帝国主义运动，大胆地警醒群众的民族自觉，而引导他们到坚决的无情的革命争斗上来。抓住广大的群众对于国民党的失望与愤怒，而组织他们引导他们走向消灭国民党统治的争斗，抓住一切灾民、工人、兵士的具体的切身要求，发动他们的争斗走到直接的革命争斗。领导群众为反对日本帝国主义的暴力政策，反对帝国主义的奴役和侵略……反帝国主义的强盗战争而争斗”①。

为实现上述任务，《决议》提出了如下具体措施：一是“进行广大的反对日本帝国主义的暴行的运动，丝毫地

① 《中央关于日本帝国主义强占满洲事变的决议》，《建党以来重要文献选编（一九二一——一九四九）》第八册，中央文献出版社，2011，第567页。

不要害怕群众的民族主义热忱，相反的必须加紧警醒群众的民族自觉而引导到反帝争斗上去，同时坚决地反对一切国民党的武断宣传。向广大的群众指出，只有群众自己的力量能够战胜帝国主义的侵略和求得民族的解放，只有苏维埃政权才是唯一的能够彻底的反对帝国主义的政权”。同时“提出武装群众的口号，使这些武装的群众团体变为游击队与工人自卫队”。二是“组织各色各种的反对帝国主义的公开组织，或者参加一切已经存在的反帝组织而夺取它们的领导。经过这些组织正确实行反帝运动中的下层统一战线，和吸收广大的小资产阶级的阶层参加争斗”。三是“积极地进行拥护红军苏维埃的工作，动员工人到红军去，募捐援助红军，很广泛地把苏维埃政府的宣言以及全国苏大会的各种法令草案散布到群众中去”。四是“加紧士兵中的工作，各省委应该派大批的同志到白军中去发动他们的争斗，组织他们的游击战争。这是真正的武装拥护苏联及变帝国主义战争为国内战争之方法之一”。五是“在灾民争斗中（不论在城市中与农村中的），必须加紧把他们与反对帝国主义争斗联系起来”。六是“在满洲更应该加紧地组织群众的反帝运动，发动群众争斗（北宁路、中东路、哈尔滨等），来反抗日本帝国主义的侵略，加紧在北满军队中的工作，组织他的兵变与游击战争，直接给日本帝国主义以严重的打击”。

为贯彻中共中央《宣言》和《决议》精神，9月28日，中共东满特委在延吉召开紧急会议，会上传达了中共中央和满洲省委的指示，作出了选拔优秀干部去组织队伍，广泛发动游击战争，建立区村苏维埃政权，发动群众把土豪、地主的土地分给农民，没收汉奸卖国贼的财产做军需，大量发展工农兵积极分子为党员和干部等六项决议。会议还通过了《反对日帝占领满洲紧急决议案》《东满农民斗争纲领》《关于士兵运动的决议》。

会后，中共东满特委委派胡泽民、王毓民、孟泾清、刘静安、金大伦、贺剑平等10余名共产党员到“老三营”参与鼓动和组织起义。刚刚加入中国共产党的李延禄，也经组织指派去王德林部队中工作。

李延禄，生于1895年，吉林延吉小营子村人。他从小聪明伶俐，虽然家境穷困不能读书，但他一有空就到村中学馆的窗外听课。学生答不上来老师的提问时，他就在窗外悄声“提词儿”。老师特别喜欢他，便破例招收其入学，并答应免收他两年学费。

两年后，李延禄到延吉城里一家银楼当学徒谋生。学徒期间，李延禄认识了担任延吉边务督办的爱国将领吴禄贞。吴禄贞把他举荐到自办的常备军随营学校去学习。

1918 年，李延禄参加了反袁斗争，并在那里与爱国志士王德林结下深厚友谊。谈及这段友谊，李延禄曾说:“我和王德林之间，友谊深厚……这种友谊，还是远在民国七年开始的。由于一种特殊的机缘，我取得了他感恩式的尊重与信任。”①

1928 年，李延禄几经周折，到吉林省防军第十三混成旅所辖的官盐榷运局缉私连任连长。1931 年春，他因为支持和参加革命群众的反日斗争，被十三旅开除军籍。同年 7 月，李延禄加入中国共产党。

就在这时，党交给了他一个重要任务：利用和王德林

① 李延禄口述、骆宾基整理:《过去的年代：关于东北抗联四军的回忆》，黑龙江人民出版社，1979，第 2 页。

的旧关系，在王德林部开展士兵的工作。

李延禄到达三营后，发现国民党捷足先登，派出李耀清、赵冠民等三人代表团，他们已经先期到达。

三人代表团给王德林带来了“自卫军第一路军总指挥”的头衔，以此说服王德林执行蒋介石“不抵抗主义”政策，改编王德林的部队。他们喋喋不休地向王德林兜售蒋介石在《告全国国民书》中“不抵抗主义”观点：“诉之于国联行政会，以待公理之解决，故已严格命令全国军队对日军，避免冲突。”面对这些陈词滥调，王德林一根接一根地抽烟，一句话不说。

除了国民党的这股势力，还有担任吉林抗日自卫军总司令的抗日将领李杜中将，也在争取收编王德林。他给王德林带来了1万元的军饷支票，答应给“老三营”编制一个团。条件是受李杜调遣，配合作战。

另外，以曹梦九为首的吉东地区三个县的士绅代表团，也来到三营的驻地。他们希望王德林不要轻举妄动，而应该静伺机宜，既不联李，也不依蒋，可编一个“山林警备队”，自固待机，可进可退。

在这三方势力中，让王德林动心的是接受李杜的收编，如此他可以实现三营官兵抗日的梦想，同时可以实现部队扩编，解决军饷之困。

李延禄的到来，使王德林看到了新的希望。他征求李延禄对时局的看法。李延禄以两个古人的故事表明了心迹。第一个古人叫岳武穆，第二个古人叫秦桧。他说："在今天，你不站出来当岳武穆，难道你还要当秦桧，给子孙留下一个万世的骂名吗？"

岳武穆，就是宋代名将岳飞。"武穆"为其谥号。

李延禄用岳飞与秦桧相比，忠奸立判、是非即明。

王德林立刻表示："咱们决不当秦桧！咱们一定要抗日！"

在王德林表明抗日的决心后，李延禄向他建议，要抗日救国，第一，必须先把国民党投降派的代表打发走，他们留在这里，就会扰乱军心，瓦解士气。第二，要清除老三营内部忠于熙洽的两个连长。第三，关于李杜提出的要求，"只要我们对日开展游击战争，队伍很快会扩大的，给李杜编一个团的力量是不算什么的，只要抗日，我们就支持”。

这里说的“我们”，不仅指李延禄自己，还代表共产党。公开了共产党身份后，李延禄还向王德林介绍了与他同行的由中共延边四县地下中心县委派遣的其他几位共产党人的情况。他们是来自哈尔滨工业大学的孟泾清、北京大学毕业的金大伦和贺剑平。

王德林终于找到了抗日的依靠。他与李延禄一起研究了组织部队秘密起义、脱离东北军、成立抗日救国军的有关事宜，决定由李延禄担任抗日救国军参谋长，并兼任将为李杜编制的补充团团长。孟泾清任抗日救国军总部参议长，刘静安任抗日救国军总部副参议长。金大伦、贺剑平任抗日救国军总部宣传部正、副部长。

1932 年 2 月 8 日，王德林率领“老三营”在吉林省延吉县小城子举行抗日誓师大会，正式宣布成立中国国民抗日救国军（简称“吉林救国军”或“救国军”）。会议宣布：王德林为救国军总指挥，孔宪荣为副总指挥，吴义成为前方司令。

这天，在会客室里，各路说客坐满了屋子，等待着王德林的出场。只听一声:“团长到——敬礼!”

卫兵们立刻立正，众人也都站了起来。王德林威风凛凛地走了进来，他身后跟着进来的还有孔宪荣和李延禄。王德林来到会客室中央处主座入座，扫视四周，用深沉而激动的声音说道:“各位，叫你们久等了，实在抱歉。”开场白过后，言归正题，他说道:“自‘瓮声砬子事件’以来，德林深知触及了有关方面及人员的利益。责任重大，各方面的压力也大，压得我几乎透不过气来。我是一名军人，军人以服从命令为天职，我深谙此道，但德林更知，军人应以国家的利益为重。”

接着，他回顾了自己为什么会走上抗日的道路，指出:

“德林原本一草木，生于鲁南，长于沂水，以耕种扛活为生。无奈鲁南连年遭灾，为生活所迫，只身下关东。冬季深山伐木，夏季深窑背煤，只图能糊口养家，平安度日……怎料日俄战争，战火涉及东北，清朝政府腐败无能，德林年轻气盛，愤然举旗，排俄救国，被逼为寇，开始了绿林生涯。蒙吉林督军孟恩远不弃，受诏归顺，改编从戎，委任为国军一旅三营营长。德林率一营之众，守边戍疆，保家卫国，能为党国尽忠，深感自豪，并愿为之奋斗终生！

“可叹！国家多灾多难，日寇犯境，举目四顾，家破人亡，杀我父母，辱我姐妹，占我疆土，掠我财富，烧杀掠抢，无恶不作，惨无人道，目不忍睹！

“可悲！内有争战不止，拉山头，占地盘，弄权术，搞阴谋，明争暗斗，拼了个你死我活，家不和，外人欺呀！

“每一个中国人，都应该拍拍胸口问问自己，良心何在?!

“德林是一名军人，是一名中国的军人！在这国难当头、民族危亡之际，深感肩头责任重如泰山，不敢轻举妄动。

“今天，德林站在这里，站在天地之间，站在你们面前，郑重宣布：从今天起，我们‘老三营’正式改名为‘抗日救国军’！德林不才，任总指挥，孔宪荣任副总指挥，李延禄任参谋长，下设6个旅，5个团。

“我们的宗旨是‘挽救危亡，收复东北’！”[①]

听闻这一宣布，会客室外的官兵欢声雷动，齐声高呼：“挽救危亡，收复东北！誓同日寇血战到底！”

当时的新闻报道说：

> 各地军警自卫团官兵携械来归者有：驻和龙二道沟警察队柴巡长带警士170多名来投，请求改编，宣誓抗日；驻延吉老顾沟保卫第一队周革刚队长带130名队员请愿收编，抗日救国；驻珲春红旗河警察队关咸受队长、陈连富队副率全队128名归顺；驻珲春原吉林军第十三旅九团三营王德山连长率领212兵，枪械充足，来归愿做前驱；驻汪清县牡丹川保卫队朴永和队副带兵53人，枪支较杂，子弹不足，冒险来投；驻汪清县大荒沟保卫队卢玉珩队长带兵116名来归；驻延吉县前河地方警察队张志善巡官带警士30名来投；驻延吉小城子地方警察队金桂三

---

① 郭永圣、蒋成义、吕景才：《王德林传奇》，中国文化出版社，2006，第68-69页。

> 巡官带警士 20 名来归；驻延吉小三岔口保卫队王育华队长带兵 42 名来归。总计现任官长 9 名，士兵 771 名，加上“老三营”兵 500 名，共计 1280 名。[①]

宣告中国国民救国军成立之后，对于王德林来说，当务之急有两件事：一是招兵买马，壮大队伍；二是募集资金，解决部队武器装备和军需粮秣问题。对于第一件事，王德林想到了一个人，他叫戴万龄，是王德林的盟兄。王德林文化程度不高，和戴万龄一样自幼喜欢听评书。他用《三国演义》刘关张桃园结义的故事与李延禄商议，倒不如把爱打抱不平的戴万龄拉到队伍里。

于是，1932 年 2 月 17 日夜，王德林率领救国军来到了沙河沿戴万龄家。

李延禄在《过去的年代：关于东北抗联四军的回忆》一书中，这样描述初见戴万龄的情景：

> 距敦化百余里，有个地方名叫小沙滩。在这里，

① 张璋:《发现柴世荣》，齐鲁电子音像出版社，2015，第 149 页。

有个远近闻名的大地主，过去是王德林的拜把子兄弟，家里开着“烧锅”，名叫戴凤龄。戴家全户将近百十口人，都住在村当中，院落很大，四围有炮台，还养着一二百名炮手。全村的村民，都是戴家的佃户。

我们部队路过这里，戴凤龄就命令手下人，杀猪宰羊，犒劳我们。这人六十开外，留着胡子，胖敦敦（墩墩）的。实在说，我却没想到，他手下炮手的武器，有连珠枪、“大抬杆”、三八式，还有一部分竟是一色的二十响捷克式匣枪。在当时，东北军里这样的匣枪还是少有的稀罕武器。①

戴万龄与王德林久别重逢，有道不尽的心里话需要倾诉。戴万龄一边与王德林叙说分离之苦，一边吩咐以“杀猪宰羊”这个乡下人的最高礼仪招待王德林及其士兵。

李延禄曾试探戴万龄有无抗日的打算。“我就试探他

① 李延禄口述、骆宾基整理:《过去的年代：关于东北抗联四军的回忆》，黑龙江人民出版社，1979，第 11 页。

的口气，问他，有这么些武装，还打算抗日怎么的？是不是准备用来‘自卫’的？不想这个大地主戴风龄，却是饱经风霜，善于察言观色的人物；他那双眼睛闪了一闪，看来是心里震荡了一下，因为抗日救国军缴地主武装，在远近一带形成风声鹤唳的威势，所以他不能不震动。他说：‘那要看我盟弟的态度了。’”①

酒席间，王德林对戴万龄说：“国难当头，小鬼子已欺负到咱家门口了，我这回跟日本鬼子干到底了！万龄大哥，我平日里素敬佩你的为人，倒不如这一次你也和我们一起抗日吧。”戴万龄激动地说：“如盟弟不弃，我愿舍家追随盟弟，共同抗日报国。”

救国军的将领都表示热烈欢迎，问他，那 100 口家眷怎么办？他说，已经安排好人，把他们都打发到关里去。

戴万龄当众宣布：“从今天起，我要在盟弟领导之下，参加抗日，跟着你们一起攻城。”

如此，抗日救国的阵营里增加了新的力量。戴万龄所

① 李延禄口述、骆宾基整理：《过去的年代：关于东北抗联四军的回忆》，黑龙江人民出版社，1979，第 12 页。

率领的炮手队，加上当地要求随之抗日的贫苦农民，扩充为300人，编为乡团大队（亦称“戴家军”），戴万龄任大队长。除堂弟戴万生留下看家护院外，戴万龄的七叔戴广禄，亲弟弟戴万春，堂弟戴万珠、戴万发，长子戴克勤，次子戴克俭，三子戴克吉，四子戴克志，五子戴克选，六子戴克政及两个孙子，还有家眷共57人，跟随戴万龄加入了救国军。

从此，戴家走上了抗日的道路。

至于第二件事，王德林计划攻打敦化城，以此扩大影响，争取民众的支持。

1932年2月14日，王德林派人把筹划好的攻打敦化县城计划通知给了敦化城内警察队、保卫团、商团及吉敦铁路沿线反日武装。15日，救国军一部分人潜入敦化，预定17日拂晓展开袭击。但受冷空气影响，前几日下起了雪，山道积雪，步行艰难，直到2月20日，才打响攻打敦化城的第一枪，由此拉开了敦化地区抗日的序幕。

第四章

第一仗

戴万龄一家参加抗日后的第一仗，在敦化抗战史上叫“第一次攻打敦化城”。

当时，敦化商会会长万茂森秘密向救国军传递消息，答应在救国军攻城时，他们的武装商团恪守中立，并协助把永衡官银钱号里的30万大洋的存款（其中一部分是群众给救国军的捐款，一部分是敌伪存款）提出，给救国军补军费。[①]

① 中共敦化市委党史研究室:《中国共产党敦化历史》第一卷（1921—1949），吉林人民出版社，2011，第70页。

王德林设计攻打敦化城，目的是提取敦化商会募集和掌握的大批捐款，同时，缴获敌伪武器武装自己的部队。这一机密信息是王德林透露给戴万龄的。

那天，戴万龄陪着王德林来到自己的书房。戴万龄从书柜中拿出一张纸，他看了一眼纸上的字，说："已收到吉东各地各界人士给你的抗日捐款，共计1万大洋。"

王德林接过捐款账单，感慨地说："这真是雪中送炭，雨中送伞！可惜，关内、关外还有一些捐款没来得及转到我们手中，在省城就被日本人截获了。"

戴万龄知道，王德林收到的一笔笔各地的捐款：王德林自己变卖了所有房产，拿出所有积蓄作为个人捐款；孔宪荣和吴义成也慷慨解囊；张学良通过私人关系也有一些捐款；南方通过黑吉辽后援会也有一些捐款。但是要想与日本关东军长期作战，这些钱还远远不够。别看王德林表面很轻松，其实他内心承受着巨大的压力。

想到这里，戴万龄说："贤弟，我也捐5000大洋。"王德林抬手制止："你的家底我知道，这是倾囊而出了。一大家子啊！灯油打铺草，吃喝拉撒睡，不容易呀！100多口人哪，你还是自己留着周全家业吧。”

戴万龄摆摆手，示意王德林别客气了。

王德林感慨万分：“你真是民族脊梁啊！”

戴万龄从书柜里取出一张桦树皮纸，拿起毛笔，蘸了蘸墨，在上面挥毫泼墨，一阵龙飞凤舞，一幅水墨山水画画好了。

戴万龄将画作递给王德林，王德林拿着端详了一番：“你画的地方我知道。”

“你看出来了？这是咱俩去省城，在松花江畔散步时的那段景色，很美啊！”戴万龄说，“听逃难的老乡说，现在日本兵在松花江上进行掠夺性的捕捞，松花江的鱼类资源受到毁灭性打击。其他资源也和鱼类资源一样被日本人掠夺。国力不强就要受欺压，我这只是为国家尽自己一份绵薄之力罢了。”

王德林说：“敦化商会会长万茂森与我书信往来很多，他让人悄悄给我传来口信，他筹集了一笔军费，让我在合适的时候，派人去取。”

“有多少？”

“这是暗语。这一笔指的是他手中的全部款项。”

“全部？10 万大洋？”

“30 万。”

“那可是老县衙的全部公款呀！”

“是呀，九一八事变，关东军偷袭得手。全部公款一下子变成了伪产，万会长也是手捧刺猬呀！”

“您准备怎么拿到这笔钱？”

“武装攻城。动静不能太大，南门主攻，西门佯攻，东门、北山、火车站牵制。进城后提走这笔巨款。”

“万茂森会长能兑现诺言，配合我们吗？”

“应该是没有问题的。我与万会长的交情还是相当不错的。”

王德林继续说：“我们一定要筹划万全。一定要先在西门佯攻，把敌人的兵力牵制过去，孟营与你们大队攻南门，一起去提款，力争万无一失！”①

“好！”

① 中共敦化市委党史研究室：《中国共产党敦化历史》第一卷（1921—1949），吉林人民出版社，2011，第 71 页。一说是“李延禄负责找万茂森到永衡官银钱号提款”。

以攻城的方式掩护提款，从军事上看似乎是一盘妙“棋”，但从政治上看却是一盘险“棋”，因为它对保密要求很高，一旦泄露机密，将会功亏一篑。

李延禄后来在回忆录中也证实，“我们打敦化，到官银钱号去提商会募集的大批捐款和敌伪公款的计划是秘密的，因为这关系到敌占区所有那些进行抗日募捐人员的生命安全。因之，我们只强调打敦化是为了缴获敌伪武器，装备我们自己”①。

戴万龄率领的乡团大队，虽然个个摩拳擦掌，充满战斗激情，但他们毕竟是首次参战，没有作战经验。这要靠实战的锻炼，才能逐步实现从一个普通农民向合格抗日战士的转变。

乡团大队担负的作战任务，王德林已经告诉戴万龄了，只是戴万龄不知道具体的作战部署。

在敦化县城驻守的是日军的一个守备队，兵力200余人；还有伪警备团1000多人把守各要道和制高点。根据

① 李延禄口述、骆宾基整理:《过去的年代：关于东北抗联四军的回忆》，黑龙江人民出版社，1979，第14页。

敌情，王德林召开救国军军事会议，研究攻打敦化县城事宜。救国军副总指挥孔宪荣、前敌司令吴义成、参谋长李延禄及柴世荣等各旅旅长出席会议。会前，王德林派便衣人员潜入城内，进一步掌握敌军布防情况，并做上层人士工作；同时，派出得力人员打入伪警备团，争取他们临阵反正，杀敌立功；王德林还派人到各区联络民众破坏公路桥梁，切断电话，以防敌军增援。会上，王德林对大家说："这次攻城，以东门、南门为主攻点，西门佯攻，北门放开，我们的目的是占领敦化城，不求全歼。"

在做好一切准备工作之后，前敌司令吴义成手拿地图向各旅旅长和戴万龄等人正式宣布进攻敦化县城的任务，其设想是：一营、乡团大队主攻南门。攻下城门后，以最快的速度找到万茂森，安全把钱取出来。其他部队要配合他们的行动。二营佯攻西门，牵制住敌人。东门和北门距离火车站较近，要重点阻截火车站方向的敌人。北山是全城的制高点，要采取突袭的方式攻下来，夺取视野上的优势。为了防止敌人沿铁路线增兵，王德林在县城西面的北黄泥河子五人班、县城东面的大石头村埋伏了阻击兵力。四营是机动部队，隐蔽在东门外的树林里。

前敌司令部设在城南 20 多公里以外的太平山屯。

抗日救国军前敌司令部旧址

1932 年 2 月 20 日黎明，敦化城内一片沉寂，救国军的参战部队借晨雾掩护，相继进入阵地。

参战官兵们左臂统一佩戴上红下白臂章，寓意“洒吾热血，以见青天白日”，由救国军宣传部部长陈仲武书写。横书“救国军”三字，右书“不怕死”三小字，左书“不扰民”三小字。

这时，出现了一个突发情况。救国军攻打敦化县城的消息泄露。日军得此情报后，迅速从吉林方向紧急调兵驰援敦化：驻扎在敦化城内的还有日军步兵第四联队第一大队的第二、第三中队，第二大队的第六中队，步兵第三十二联队第二大队的第五中队、第六中队、机关枪中队；伪政府警备司令吉兴组织的 11 个步兵连，配备有重机枪 4 挺、迫击炮 2 门、山炮 2 门的讨伐队，向预定地域开了过来；驻敦化的伪吉林警备军曲宝衍团，被调到东苇子沟、驼腰子一带布防，以阻止救国军攻城。

清晨 5 时，救国军前方司令吴义成率领孟宪书的第一营、戴万龄的乡团大队，绕过牡丹江进攻敦化县城南门。四旅旅长柴世荣任攻城督战司令，负责攻打东门和伪警察所，占领县城后带队守住北门，堵截敌人增援。

2 月 20 日晚，柴世荣率领部队潜渡牡丹江，进入敦化县城东门攻击位置。运输队长张鹏带士兵 700 名，攻打火车站、北门。孔宪荣副总指挥带领卫队 200 名，在黄泥河子一带阻击从延吉方向过来的增援之敌。

几颗信号弹腾空而起，伴随着几声巨响，救国军的炮弹暴雨般飞向城内。

敦化城南门的门楼子上，敌人轻机枪、步枪“嗒、嗒、嗒”响了起来。战前被任命为国民抗日救国军补充团九连副连长的史忠恒，率领其连抢先越过城墙，架起了攻城的云梯，为后续部队打通前进道路。一营营长孟宪书组织部队进攻南门左面的城墙。

戴万龄带领乡团大队进攻南门右面的城墙。

他伏在一棵大松树的后面，仔细地观察南门楼上的火力点和南门外的地形。城门外是护城河，有一丈多宽，没有可以作为掩体的障碍物。他发现南门边不远处有一个小土包。戴万龄命令关炮——曾经的戴家大院炮手队队长，躲在这个土包后面，伺机搞掉敌人的机枪手。关炮在树林里左躲右闪，滚过了一片开阔的草地，一点点靠近土包。这时，城里突然枪声大作。趁着敌人阵脚大乱之际，关炮迅速跑到城下，把一颗手榴弹扔上城楼，轰的一声巨响，敌人的机枪阵地被炸毁，城楼上顿时乱作一团，战士们炸开城门，一拥而进，占领了南门。

戴万龄所部受命攻打南门，南门战斗异常激烈。《国民救国军抗日血战史》中作了这样的描述：“……首由吴司令开枪进攻南门，……日兵以机枪平射，炮连续密击。炮火激烈异常。幸赖士兵用命，前赴后继，冒死前进，于七时将南门冲开……”①

南门洞开，戴万龄指挥乡团大队向附近街巷进攻，与敌人展开巷战。他一马当先，冲在最前面，手中的枪每一次响起，都有敌人应声倒下。在他的身后，戴家军的勇士们宛若敢死队一般，全然不顾自身的性命安危，将满腔的怒火通过手中的长枪释放出来。

不久，西门告破，战士们冲进巷子，与敌人展开肉搏。在国民救国军的两面夹击下，敌人腹背受攻，不得不退到老县衙的大十字街。

午后1时，日军向火车站方向撤退，国民救国军已经占领大半个县城。

这时，柴世荣率领他的部队跨过护城河，从东大墙翻入城内，加入巷战。

晚7时，日军派遣独立守备队第一大队队副清水正雄

① 张敬源:《热血奋勇毁家纾难　青肝碧血壮写篇章》，《吉林日报》2021年12月9日。

少佐指挥“清水支队”，乘装甲列车到达敦化。敌增援部队赶到，从菊生旅店、满铁出张所、日本宪兵队敦化分遣队、火车站等据点发起猛烈反扑。

面对这一敌情变化，救国军前敌司令部果断下达了撤出县城的命令。

虽然提款计划由于万茂森的变卦而落空，但救国军仍取得了很大战果，不但缴获了敌伪大量武器，有捷克式机枪 21 挺，三八式机枪 7 挺，大小枪支 1600 余件，还歼灭日军 50 余名，包括步兵曹长奥山胜次、熊谷民雄，步兵伍长有贺久藏、早坂新治郎，上等兵小关胜见等。特别是政治上扩大了救国军的影响。

在第一次攻打敦化获胜之后，吉林东部各地爱国志士纷纷来投，只延吉县老头沟罢工的煤矿工人，第一次就来了 1500 多人，徒手参军。

这一仗，救国军的上士王德山，中士李同寅、关玉才、宋作文、常起有、陆国文、门长胜，下士于庆周、王宜胜、萧凤春、张喜秋、盖显林、王玉胜、潘德功、刘春仁、王文杰，一等兵关锡林、李延松在战斗中英勇牺牲。

乡团大队一名排长和20多个战士也牺牲了。

撤离之时，戴万龄特地派人急速给沙河沿的家人送信，叫他们将家中枪支弹药、钱款、布匹收拾分装在20多条麻袋里，加上粮食，一共装满30多辆大车、几十张爬犁，其余的用马驮。除留下戴万龄堂弟戴万生看家护院外，其他亲属包括戴万龄七叔戴广禄，弟弟戴万春，堂弟戴万珠、戴万发，儿子戴克勤、戴克俭、戴克吉、戴克志、戴克政等50余口人，以及200余名青壮年一起加入了中国国民救国军，被正式改编为中国国民救国军第五营，戴万龄任营长。

就这样，戴家老少50来口人分别骑马、坐车、步行，跟随救国军一起撤退，从此义无反顾地走上了漫漫的抗日之路。

戴万龄一族自闯关东来到敦化，半个世纪含辛茹苦，好不容易挣得万贯家财，过上了好日子，现在却卖了家产，走上刀尖上舔血的抗日之路，这使周围乡邻大为不解。戴万龄解释道："我不抗日，这些东西迟早落入日寇之手；我若抗日，这些东西还在中国人手中！"

戴家人没有料到，这一走，他们将再也无法回到那个戴家了。

不久，穷凶极恶的日伪军来到沙河沿，抓住并用刺刀挑死了看家护院的戴万生及护院家丁。

戴万生倒在鬼子的屠刀下，这是戴家为国捐躯的第一人。他虽然没有直接在战场上杀敌，但他肩负看家护院之责，保障家族的生产、生意正常运转，筹集资金、购买武器，把这些作战必需物资源源不断地送到前线，使日军对他恨之入骨。

日寇赶到戴家府邸，把战场上失败的恶气全部发泄到戴家身上，不仅使戴万生及护院家丁殒命，戴家历经几代人的奋斗才建造起来的这座大宅院也付之一炬。

伴随着熊熊烈火而消失的，除了戴家几代人的心血，还有戴家人心底最后一丝对家的眷恋，从此戴家人更加坚定了同日寇作战到底的决心。

第五章

镜泊湖大捷

镜泊湖，位于黑龙江省牡丹江市宁安西南部，距宁安50公里，海拔351米。1000年前，居住在这里的满族先民靺鞨人称镜泊湖为忽汗海，辽国称扑燕水，明始称镜泊湖，清代称毕尔腾湖，今通称镜泊湖。

自1932年2月20日救国军第一次攻打敦化至2月28日，又连克额穆、蛟河等城，队伍壮大到5000人，声名远播。

这一时期，救国军指挥部先后移驻宁安、穆棱地区，大部队则集中于镜泊湖附近。3 月，救国军进一步扩大，编成 7 个旅、2 个骑兵团，总兵力达到 2 万余人，分驻宁安、东宁、穆棱、安图、珲春、汪清等 10 余个县。

为了提高部队战斗力，王德林在镜泊湖南湖头组织部队整训，强调“杀敌寇、除汉奸，收复失地、安百姓”的救国军宗旨，派出小分队到乡村城镇宣传抗日救国，动员民众参加抗日队伍。这次整训，使救国军的战斗力大为提高。

救国军的迅速发展，引起日军恐慌。关东军司令部急调天野第十五旅团等部，从敦化向镜泊湖进行“征讨”。

天野旅团长所率的第十五旅团，隶属关东军第二师团，在攻击沈阳市、吉林市、齐齐哈尔市以及哈尔滨特别市等军事行动中，扮演了重要角色，是日军侵略中国东北的急先锋。

1932 年 3 月 16 日，救国军收到日军天野旅团和上田支队东进的消息。王德林马上召开军事会议，商讨对策。决定镜泊湖战斗分三次作战：石塘之战、南湖头之战、莺歌岭之战。“戴家军”参加了前两次战斗。

1933年出版的《国民救国军抗日血战史》一书，详细地记录了石塘战斗的过程。救国军作战部署是：

> 令姚团派卫队连马连长桂林带全连潜伏险要地点。截断敌军前进。第七营王营长德山。由敌左侧绕越。抄袭敌人后路。山炮营田营长景瑞。带迫击炮两门。设炮兵阵地于小山咀子。迎敌痛击。五营戴营长彭龄。带兵两连伏于敌方右侧、石塘附近。二营八连连长卓景福。统带全连。伏于敌方左侧。与戴营长联络。俟敌人达到时。然后双方夹击。姚团带预备队。在墙缝指挥一切。督促各路出击。并筹备增加援队。①

这个部署透露出以下信息：一是这次作战就是石塘之战，亦称“滴嗒嘴子伏击战”，它是镜泊湖大捷的第一仗；二是中方参战部队是救国军第一旅第二团、补充团、“戴家军”第五营，以二营八连配合五营作战；三是作战指挥

① 李丹钢、李刚:《中国抗日战争镜泊湖大捷之谜》，华文出版社，2014，第20页。

是第一旅第二团团长姚振山。

关于这次战斗，王德林曾对戴万龄说："必须打好石塘战斗，消灭来犯之敌，为以后的战斗开一个好头。敦化到宁安没有其他道路，只有一条沿牡丹江的通商古道，我们可以处处设防。"

戴万龄说："总指挥下命令吧！战士们都在摩拳擦掌！"

王德林右手指着地图，说："你看，这通商古道，弯弯曲曲，像羊肠子一样。这是官地村，这是石塘，这是滴嗒嘴子，我们在这里设一个伏击圈，给小鬼子狠狠来上一家伙，怎么样？"

戴万龄回答说："太好了，请总部放心，我们有决心打赢这一仗。大家一直憋着一股劲儿，等着我们的好消息。"

"好，石塘一带的地形对打伏击非常有利。你把兵力隐蔽在古道右侧，让卓连长配合你，找机会伏击敌人，争取来个大包圆。"

戴万龄信心十足地说："这一带我太熟了，一抱、二抱甚至三抱的大树有的是，不用刮风、下雨天就阴森森的，适合咱们打伏击。这帮鬼子初来乍到，就敢送上门来，也真是太傲慢了。我们熟门熟路，又以逸待劳，一定能打个漂亮的歼灭战。”

戴万龄精心设计了五营的组织构架并得到救国军总部的批准。“全营设三个连，每连设一个连长、三个副连长（由三个排长兼任），规定在战场上如果连长牺牲，副连长依顺序自动接任连长指挥；排、班也是如此。一个班十几人分为三个战斗小组，每组五六个人。小组在运动作战时人分前后两排，前排三人，中间是神枪手，只负责开枪，边跑边打，弹无虚发，专打机枪手和拿指挥刀的军官。他左边的人负责给他递上子弹的枪，他右边的人负责接空枪，并传递给后排的人退弹壳、上子弹、递到前排。这样的战斗小组以枪法准、冲锋猛的优势弥补了武器上的劣势，在几次突围战中效果很好。”①

1932 年 3 月 18 日拂晓，戴万龄带领五营，卓景福带领一团二营八连来到额穆县官地村石塘屯一带。这里清一色儿的原始森林，遮天蔽日，通商古道从林间穿过，古道

① 周长庆:《抗日英雄戴万龄和他的“戴家军”》，《新华每日电讯》2023 年 11 月 3 日。

右边有一处大山冈，左面有一个小山冈，是一处天然的战场。戴万龄一边吩咐挖隐蔽工事，做好伪装；一边安排好一组组侦察兵，密切注视着古道上的任何动静。

黎明时分，敌人终于出现了。这是上田支队的一部，大约 80 人，配备了轻重机枪、迫击炮和掷弹筒。走在前面的是伪吉林警备军曲宝衍团 50 余人，还有 20 多个民夫赶了 18 架马车。紧随其后的是 5 辆装着大米、罐头、白酒、军毯等军用物资的汽车，一晃一晃的，慢腾腾地开了过来。

不久，敌人过了滴嗒嘴子山口，逐渐接近五营的伏击圈。

《国民救国军抗日血战史》一书这样描述五营和八连的战斗情况：

3 月 18 日拂晓。日军强迫曲团李营。由官地向石塘前进。行至滴嗒嘴子。被卓连伏兵窥见。照预定计划。故意放其通过。后有日军大尉小川松本尾随督队。进至射击有效地点。我戴卓两部。伏兵突起，双方夹击。混战至两小时左右。敌人阵线混乱。曲团李营。举旗投降。日军小川部急速后退。被马连长从后追袭。日军损失奇重。几遭全灭。日军铃木司令接前方败耗。乃会合伪团长曲宝衍。在官地附近。收集残队。待援再进。本役击毙敌兵120名。负伤者数目不明。小川大尉阵亡。失却辎重车22辆。我军阵亡连长卓景福。连附（副）卢庆谷各1员。中士李宝贵、负伤士兵9名。夺获给养车17辆。辎重车3辆。[1]

将这段战斗概述一一展开，就是：

五营营长戴万龄见敌人完全进入预伏阵地的最佳袭击位置，他一声高喊："开家伙！"并第一个举枪射击。救国军的阵地上立刻枪声一片，毫无防备的敌人陷入被动挨打的状态。

二营八连连长卓景福埋伏在古道左侧，见五营开火了，也迅速投入战斗。一西一东，两面夹击。

① 李丹钢、李刚：《中国抗日战争镜泊湖大捷之谜》，华文出版社，2014，第20页。

戴万龄的第三子戴克吉带着一个班，专门对付日军的迫击炮和掷弹筒。敌人的掷弹手一个个倒下，迫击炮和掷弹筒简直成了摆设。

于是，双方变成步枪对射，救国军就有了绝对的优势。五营越战越勇，敌人被压制在道边浅浅的土沟里，根本组织不出像样的反击。

最靠后的日本汽车想掉头溜掉，战士们眼疾手快，投过去几颗手榴弹，把汽车炸废在原地，燃起大火，其他汽车再也没法后退。就这样断断续续打了将近一个小时，救国军取得了压倒性胜利。

混战中，日军想调整队伍，指挥官小川拔出指挥刀，疯狂挥舞，一个劲儿地呜哩哇啦催促日军，被戴克吉发现，一枪击毙。

失去了指挥的日军彻底乱了，丢弃马车和物资，要从八连的侧翼后撤。卓连长命令八连追击，班长李宝贵率先离开阵地，战士们如猛虎下山，一路死死地咬住敌人。卢庆谷带领一排也从另一个方向追了下去。

五营的战士们正要跟去追击敌人，被戴万龄制止。他采纳了戴克勤、戴克政的建议，说:“我们不熟悉情况，万一敌人的援兵赶过来，恐怕要吃亏。派人通知卓连长不要追得太远。”

戴克勤看到卓连长追击的方向，说:“卓连长这是打疯了，再追下去，体力受不了啊。”

这话不幸言中。

面对追兵，敌人且战且退，八连越战越勇，卓连长冲在部队最前面。不幸，一颗流弹飞来，击中了他。这位来自山东的抗日英雄一头栽倒在地，再也没有站起来。部队停止追击，战士们声嘶力竭地呼喊着他的英名……

石塘战斗从清晨6点打到上午8点，持续了2个小时，日伪军损失惨重，小川大尉也被击毙。

日军败退，使伪吉林警备军曲宝衍团李子桥营陷入孤立，戴万龄率领五营开始严密监视李子桥营的一举一动。他们分析敌情：

“李子桥营会来进攻咱们吗?”

“不好说，但咱得做好战斗准备。”

“李子桥营现在很被动，冲出来是送死，死守又没有支援。”

“李子桥营不太可能孤注一掷，他们应该清楚自己的处境，身后的日军被消灭，他们就失去了最大的依仗，心里肯定在打鼓。”

实际情况确实如此。

在石塘屯十几里外的土道上，李子桥带领他的几十号人马正向大山嘴子进发，忽然听到后面枪声。于是他带领部队回撤，准备见机行事。营副建议迂回过去，择机偷袭救国军。李子桥说:“迂回？两边都是参天大树，阴森森的怎么迂回？这一左一右都是山林队的天下，枪口早就瞄着咱哪。这是猎户们的猎场，咱们走进去，晕头转向，被山林队炮手盯上，不死也得扒层皮!”

李子桥心里很矛盾，今天日军被伏击，自己援救不力，回去以后肯定吃不了兜着走。可是，现在自己在明处，救国军熟门熟路，倘若自己贸然行动，必败无疑。就这样，僵持到9点钟。戴万龄率部发起攻击，伪军战斗力不行也不敢拼命，打了两个多小时，伪军营长李子桥被当场击毙。

这一仗，缴获敌给养马车 17 辆，辎重车 3 辆，击毙 120 多个日伪军。救国军总计得到了被火烧毁的枪支残品 1500 余件，另外，还收缴了完整无缺的三八式步枪 2000 多支。据此，日伪军伤亡将近 4000 人。

镜泊湖大捷最重要的作战是南湖头之战。

由于主战场“墙缝”在地理上属于南湖头地区，所以此战亦称作“墙缝”之战。

《东北抗日联军史》记载，1932 年 3 月起，日军先后抽调汪清、延吉和独立守备步兵第六大队，以中佐上田为队长，组成上田支队进攻敦化、宁安一带的救国军。3 月中旬，日军上田支队和一部分伪军共 2000 余人，自敦化出发，向镜泊湖方面开进，以寻找救国军主力决战。

面对强敌，是战斗还是躲避，抗日救国军内部认识并不一致。以参谋长兼补充团团长李延禄为代表的中共一方，坚决主张高举“抗日救国”的旗帜，利用其熟悉的山川地势，同敌进行游击战。

这一主张是在补充团秘密党支部会议上提出来的。抗日救国军一成立，中共就在补充团建立了秘密党支部，由孟泾清担任书记。成员有李延禄、史忠恒、朴根重、李凤山等。除孟泾清、李延禄外，其他都是连队的军官。

孟泾清 1905 年出生，1931 年在哈尔滨工业大学读书期间，积极参加革命活动，加入了中国共产党。九一八事变后，被党组织派到王德林的抗日救国军中工作。

谈及孟泾清，李延禄曾说："他中等身材，是一个风度稳健、处事持重的人，马克思列宁主义修养较高。……在第一次支部会议上，孟泾清同志作了关于发动抗日战争的传达报告。给我印象最深的是他在这次会议上指出抗日游击战的长期性。他说，日本帝国主义是一个工业国家，'世界列强'之一，想很快就能把他们赶出去的急躁情绪，是要不得的。这就给那些新党员在思想上建立了持久抗战的基础。"①

让我们把时间拉回到决定镜泊湖作战的补充团秘密党支部会议上。孟泾清旗帜鲜明地说："就是他们都拉到山上

① 李延禄口述、骆宾基整理:《过去的年代：关于东北抗联四军的回忆》，黑龙江人民出版社，1979，第 9-10 页。

去，只剩下我们补充团七百人也要抗日。”他又说：“我们依靠的是党和广大的无产阶级、农民群众，我们关里还有百万红军，就是我们牺牲了，我们的革命事业还会继续下去，还会有人继承我们的抗日斗争。最后，我们必将胜利。”他还说：“今天，我们还要耐心地争取他们，团结他们，共同抗日。”①

在这次会议上，孟泾清同意了李延禄提出的把部队转移到镜泊湖山区对敌展开游击战的意见。南湖头作战由此拉开了序幕。

由于在抗日救国军内部对镜泊湖作战认识尚未统一，总指挥王德林便在敦化县和宁安县之间的一个叫棺材脸子村的地方召开了紧急军事会议，商讨对策。远在百里之外的抗日救国军各团指挥员都赶来参加会议。

这次会议继续了双方的争论。孔宪荣趁日军大兵压境之危，竟然当着王德林的面，提出：“我们要的是总司令（指王德林）这块牌子，我们怎么干，总司令就不用操心，

① 李延禄口述、骆宾基整理：《过去的年代：关于东北抗联四军的回忆》，黑龙江人民出版社，1979，第 21-22 页。

连打进三个县城去，跑路不少，一个钱没弄到……”言语中满是牢骚。

李延禄坚持了我党抗战的既定方针。他说:“就是只有我们补充第一团这700人，仍然要拉到镜泊湖山区，去迎击敌人。”

共产党人的坚强决心感动了王德林。他表示:“你们年轻人决心这样大，我一个54岁的人啦，不能成功，还能成仁哩！咱们到南湖头去，看看那面的地势再说吧!”

最终，以把部队拉到镜泊湖的南湖头，宣告了会议的结束。

1932年3月初，参战部队——国民抗日救国军补充团和戴万龄的第五营到达宁安县镜泊湖山区。

按照王德林所说的“到南湖头去，看看那面的地势再说”的指示，李延禄和孟泾清在这里召开了补充团的军官会议和各连、排、班长、战士代表的联席会议。会议决定以南湖头的“墙缝”这条狭路作为伏击阵地。

在镜泊湖南湖头的西边，牡丹江入湖口的江湾北岸，有一道地质奇观，放眼望去，绵延五六里，一边是高过人头的岩石壁，一边是冰冻的牡丹江，中间是宽阔平坦的江滩，是敦化通往镜泊湖的必经之路。由于沿岸岩石线由巨大的卧牛石、马头石等组成，矗立如墙，陡立的石墙之间呈裂缝，因此，当地人称“墙缝”。

以“墙缝”为伏击阵地，优势在于这里没有林丛、树木之类作掩护，只有光秃秃的山坡，补充团的700名指战员就埋伏在山崖旁边的岩石背后，可以迷惑敌人。

其作战任务是扼守从敦化直通宁安的咽喉要道。这条路就在巉岩底下，紧靠大江，是条古老的通商之路。

王德林批准了这一作战计划，并把库存的手榴弹全部调给了补充团，用20匹马运载到团部。

补充团的指挥部设在阵地背后的山峰上。在山峰的悬崖前面，可以俯望“墙缝”口外的一块开阔地，根据掌握的情报，日军将经过这里。

李延禄计划在西山岭安排一支部队，警备敌人在口子外抄补充团后路，同时，在日军败退回撤至“墙缝”的进口时予以截击。

这是一项十分重要的任务。王德林把这一任务交给了戴万龄的第五营。他看中了五营在石塘战斗中的胜利和“戴家军”的炮队。副总指挥孔宪荣附议道：“上阵还要父子兵，沙河沿出来的炮手能打。”

为了完成这一艰巨任务，戴万龄把各连正副连长找来开会，反复研究怎么打。

真是想什么，来什么。

这天，五营来了一位稀客——陈文起。他 1903 年出生，1920 年父亲去世后，陈文起成为家中的主要劳力，挑起了生活的重担。为维持一家生计，陈文起狩猎、打鱼。在艰苦生活的磨砺中，练出了一手好枪法，成为镜泊湖地区有名的炮手、枪手。九一八事变后，日本侵略者烧杀抢掠的滔天罪行，激发了陈文起的爱国心，他下决心“一定找机会收拾这群野兽”。

李延禄在《过去的年代：关于东北抗联四军的回忆》中记述：“当日寇天野少将所率领的部队，从敦化出发的消息传来的时候，陈文起早已听到风声，带领全家老小跑到西山头戴凤龄所指挥的独立营去了。因为他是当地有名的猎户，自然和独立营的炮手们很谈得来。他不但知道了我们的部署……而且也想在战斗中‘露一手’他的枪法。”①

李延禄这段记述，披露出陈文起在五营那两天，不仅同五营的炮手们一起商量了如何收拾日寇，特别是在日军败退至“墙缝”的进口时予以截击的办法，也研究了他自己在“墙缝”之战中如何打的问题。在这个过程中，他给五营完成截击任务提出了建设性的意见，五营官兵的战斗精神也使陈文起倍感振奋。

不巧的是，那天夜间，陈文起空手回到瓦房店打听动静，却碰上了冲进瓦房店的日军，陈文起被捕了。

当时，陈文起穿的棉袄、裤子已是血迹斑斑，这让日兵顿时警觉起来。

日本兵端着上了刺刀的枪围着他，问他是不是土匪。

陈文起镇静地回答:“不是，打猎的!”

再问他:“枪呢?”

陈文起说:“没有，都是借人家的围枪用。”

日军相信了他的话。于是，陈文起成为日军的向导。

---

① 李延禄口述、骆宾基整理:《过去的年代：关于东北抗联四军的回忆》，黑龙江人民出版社，1979，第 26 页。

3 月 18 日凌晨，日军天野部队在陈文起“引导”下，离开了瓦房店，欲消灭镜泊湖一带的抗日队伍。陈文起要将日军引向哪里呢？他有三条路可走：一条是从瓦房店渡江，绕道走，这是一条可以确保自己生命安全的路，但不能最大限度地消灭日军；另一条路是从戴万龄五营所扼守的西山岭后侧，绕到李延禄的补充团背后来，这是一条对我军极为不利的路。这两条路陈文起都没有选，他走的是直顺山崖和大江夹峙通向“墙缝”的路。李延禄的补充团就埋伏在这里。

陈文起把日军带到最远端的 5 号阵地后，李延禄一声令下，5 华里长的战场上 30 多个袭击点同时对敌发动袭击，数百颗手榴弹扔到“墙缝”之内，数千人的日伪军被分散在 30 多个岩石缝口，机械化兵力优势化为乌有。

日军习惯用两面包抄、中间突破战术进攻，但在狭长的“墙缝”中，无法两翼包抄，唯一的选择就是向 30 多个缝口冲击。补充团的战士由于伏在巨石缝下边投弹，伤亡风险大大降低，而岩石下的敌兵却暴露在我军的视野之中，一批一批倒下，肢体横飞，一片鬼哭狼嚎。

战斗持续了 10 个小时，到太阳西下之时，陷入包围圈的日军再没有昔日的骄横，他们掉过头来，开始撤退。

对于如何封死日军退路，救国军事先设计了关门打狗的战术，即部署戴万龄的五营在此处实施阻击。但这一战术安排存在严重缺陷，就是兵力安排不足，以一个营来阻击数千人的强大日军，即便把这个营拼光也难以抵挡日军的进攻。

戴万龄的作战风格是游击战法，今天却碰上日军这个“硬茬”，既有飞机，还有大炮。硬拼肯定胜率不高。但今天五营的任务是阻击后退的日军，实施两面夹击，以防日军对李延禄的补充团实施反包围。尽管阵地战不是五营的强项，但他们还是以顽强的毅力堵住日军的退路。

《国民救国军抗日血战史》一书描述道：

血战至午后 1 时许。第三路之日军。被姚团回援之部队。由侧面袭退。复向湖南展进。援救被我围困之一二两路出险。正肉搏间。由敦化飞来敌机 3 架。用巨弹轰炸。敌之援军复在东山。布山炮 4 门。连续发弹。以致将在胡（湖）岸被围之残部。冲围逃窜。[1]

这段记述，生动地反映了戴万龄的五营，面对强大的敌人表现出大无畏革命精神，以300人之力，抵抗敌人天上的飞机轰炸，地上的大炮和一批又一批敌人的轮番攻击。且这300人的队伍，多数人是新兵，仅参加过两三次作战行动。

据参加“墙缝”作战的戴克俭妻子戴寇氏、女儿戴素云回忆，此役，戴万龄的五营共打死打伤日军600多人，但自身伤亡也有120多人，其中，牺牲49人，受伤70多人。

在重创日军、自身伤亡巨大的情况下，戴万龄打不下去了。

日军冲出了五营的阻击。

这下，补充团就有腹背受敌的风险。李延禄想到孟泾清的嘱托：“我们既要在这里坚决和敌人打，还要保持住我

① 李丹钢、李刚：《中国抗日战争镜泊湖大捷之谜》，华文出版社，2014，第21页。

们的军队。我们要在战斗中发展我们的力量，不要拼老本，一定要见胜就收兵。”[①]

于是，本次战斗结束了。

虽然未能全歼号称万人的强大日军，但对于一个刚组建不久的救国军来说，已是重大胜利了。一支仅有千人的、装备陈旧的年轻救国军，如何能够战胜装备精良的数千名日军呢？然而，这都是事实。

证据一：亲历这场战斗的当地猎户李长发，当时受李延禄委托探听并传送军情，是他，亲自将天野部队启程过来的消息报给带队埋伏了两天的战场指挥李延禄，亲眼看见猎户陈文起将排着四路纵队的日军绕着“小龙湾柳毛通”引进埋伏阵地，看见狂妄之敌“凭着不怕死”，“冲着明明无法冲上来的山岩巨石一批又一批倒下”，听到枪炮和爆炸声中鬼子“一片鬼哭狼嚎”，听到“成堆成片的‘死倒’垛”，他还看见敌人肢体横飞，“04、05 阵地前，没开化的江面上血水没了脚面子”，看

① 李延禄口述、骆宾基整理：《过去的年代：关于东北抗联四军的回忆》，黑龙江人民出版社，1979，第 31 页。

见战斗打响后江边一户姓屠的猎手举枪打死骑马的日本军官，看见日军山炮装弹手不知怎么慌乱中让炮弹开了后堵，在敌群中炸开花，等等。最后，他和乡亲们看到抗日部队撤走后，敌人将各个巨石缝下堆积如小山的死尸运到相对空旷一点的03阵地，先把脑袋割下装袋运走，再将尸体堆成几堆高高的“马蔺垛”，烧了几天几夜。[1]

证据二：据《战争狂人 东条英机》一书记载，1932年“3月，敌田野（‘天野’之误）少将率号称万人大军追击救国军，救国军决定采取诱敌深入、四面夹击的办法，在南湖头墙缝大摆口袋阵，歼灭敌人3000多，缴三八式步枪上千支”[2]。

证据三：《过去的年代：关于东北抗联四军的回忆》一书，曾提到：孟泾清同志，在大学时是学机械制造专业的。当他看到救国军的装备落后时，就想运用自己所学的专业，建一所兵工厂，把救国军军械处废弃不要的武器和

---

① 李丹刚，李刚:《中国抗日战争镜泊湖大捷之谜》，华文出版社2014，第114页。

② 李丹钢、李刚:《中国抗日战争镜泊湖大捷之谜》，华文出版社，2014，第54页。

装备修好。镜泊湖连环战胜利后，部队北上，在大河口得到1500支残损枪支，再次使他想到此事。孟泾清想起在宁安面粉厂看到的一些机械装备，于是就想到利用这些机械建兵工厂。他向王德林提出改建兵工厂的设想，得到批准，机械很快运到三岔口。孟泾清亲自动手，教士兵们拆修组装，不多久就建成了一个兵工厂。在地下党员、铁路工人张林的帮助下，在镜泊湖大河口之战中缴获的1500支残损步枪也顺利运到三岔口。孟泾清领着士兵们夜以继日地工作，边学边修，全部修复。就是用这第一批修复好的步枪，武装了从延吉老头沟入伍的第二批约2000名煤矿工人，后来他们组建为补充二团——抗联四军的骨干。这里所说的孟泾清领导建立兵工厂，修复镜泊湖大河口之战中缴获的1500支残损步枪，从一个侧面印证了此战歼灭日伪军数千人、缴获枪支上千支的历史事实。

由于陈文起将日军带入救国军的伏击圈，日军元气大伤，日军便将此战失败的责任归咎于他，迁怒于他，把他吊在马架子上，扒掉了他的衣服，用棍棒乱打，用刺刀乱刺，身上几十处伤口，鲜血流在地上冻成了冰。就这样被吊了一天一宿，陈文起宁死不屈，仍然破口大骂。最后日军用刺刀挑开了他的胸膛，陈文起壮烈牺牲。

陈文起牺牲后，镜泊湖区的乡亲们把他的遗体埋葬在“墙缝”三里外的松树林中。

第六章 抗联战士

1932年春，中共满洲省委委派省委委员、军委书记周保中到达宁安一带。他的使命是设法打入吉林自卫军或救国军内部，争取参与领导他们的抗日斗争。

周保中，1902年出生于云南省大理湾桥村一户白族人家，原名为奚李元。1915年，奚李元以优异成绩考入省立大理第二中学，后由于家乡遭兵匪抢劫而辍学回家务农。1917年，他从大理来到昆明，考入云南陆军一师士官教导队，后随军参加护法战争，由中士、上士升任少尉排长、中尉代理连长。

周保中

（东北抗日联军第二路军总指挥兼政治委员）

1927年3月，奚李元担任程潜第六军第五十六团副团长。7月，在大革命失败的严峻形势下，奚李元不惧个人安危，在武汉加入中国共产党。

1928年5月，奚李元被调往中共中央军委工作。11月，受中共中央派遣赴苏联莫斯科，先后在东方劳动者共产主义大学和列宁学院学习。在出国的护照上，周恩来给他起了一个新名字——周保中，意为保卫中华，保卫中国共产党，保卫中国人民。从此，周保中这个名字伴随他一生。

九一八事变后，周保中从苏联回国。在上海，他辗转找到中央军委机关。三年前派他出国的中央军委书记周恩来接待了他，听取了周保中关于在苏联学习情况的汇报。周恩来告诉他，党中央决定派他到东北从事武装抗日斗争工作，在东北建立由共产党领导的抗日队伍。

1932 年 1 月，周保中化装成商人模样来到沈阳。2 月，正式担任中共满洲省委军委书记。4 月，肩负省委重托的周保中，来到牡丹江地区，后化名“黄绍元”，寻找机会打入王德林领导的国民救国军内部。

中共满洲省委组织部部长何成湘在给中央的一份报告中这样描述周保中当初的设想：“省委曾派兵委书记到宁安打入王德林军队中去工作，但他（指周保中）的来信说，当兵的方法是狭隘的，他要直接去见王德林，说服王德林！他到那里去‘揭破国民党南京政府出卖民族利益，各反革命政治派别的鬼脸，指示彻底反日的路线下去占据活动的地位进行党的工作’。”①

① 《中共满洲省委代表何成湘给中央的报告》，载中央档案馆等编《东北地区革命历史文件汇集》，1991，第 185 页。

6月，经中共党员、救国军总参谋长李延禄举荐，求贤若渴的救国军总指挥王德林，得知周保中是位有韬略见地之人，便邀请周保中到救国军前敌司令部工作。王德林派周保中率领100名战士攻打东京城。周保中认真分析敌情。他了解到城内日军主力已外出“讨伐”，城内空虚，就虚张声势，喊开城门，同时展开军事攻势，一举占领了东京城。在日军“讨伐”部队回师救援的途中，周保中又埋下伏兵，当日军进入埋伏圈后，发起突然袭击，消灭了这股敌人。这一声东击西、围点打援的战术策略的运用，令王德林对他刮目相看。随后，王德林聘其为救国军总参议；不久，又委任周保中为救国军前敌司令部参谋处处长。

救国军前敌司令部参谋长胡泽民也是一位共产党员。他了解到周保中的身份后，两人一起在救国军前敌司令部建立了党支部、团支部，秘密发展了一批党员、团员。周保中经常找救国军中的一些进步青年谈话，进行抗日救国的宣传工作，讲述自己在苏联学习的马克思主义学说，什么是共产主义，什么是社会主义；讲日本为什么侵略中国，作为一个中国人应该怎样对待日本帝国主义的侵略；讲国民党南京政府不抵抗政策为什么是误国之策。周保中的这些宣传工作，使共产党的主张在士兵群众中产生了深刻影响。王德林也同情共产党，赞成共产党的抗日政策，不反对共产党员的革命活动。

对于这一时期周保中在救国军的工作状况，满洲省委巡视员孙广英在给省委的报告中评述道："在救国军里，曾由东满和宁安派去很多同志，以前都是比较散乱，与党的领导机关很少联系，因此工作也缺少统一的计划。在六月里，省委派的兵委黄绍元同志进入救国军去，在一个救国军内占很重要的位置，曾领导军队坚决的进行反日战争，部分的实行革命纲领，组织了几个兵士支部，相当的发展了党的组织。同时，经过他影响了一个旅长，乐意听党的领导，请求我们派人去，我们已经派人去了。"①

这一时期，国民救国军打了许多胜仗。1932 年 2 月，连续攻克了敦化、额穆、蛟河等城镇。3 月，转战宁安、

① 《孙××关于东满政治局势、党的活动及有关要求建议的巡视报告》，载中央档案馆等编《东北地区革命历史文件汇集》甲 11，1991，第 424 页。

海林、东宁一带，在海林、南湖头、宁安、关家小铺等处与敌交战，给敌以重创，并于3月28日占领了宁安县城。4月之后又在延吉、汪清、额穆、敦化、和龙、宁安、东宁等地与日军频繁作战，在战斗中，国民救国军力量不断扩大，到同年夏，已经扩编为5个旅3万余人。之后，继续转战延边、绥宁一带。9月2日，组织队伍第三次攻打敦化城，并攻克了安图县城；9月14日，在大沟附近，国民救国军300人袭击了日军第七十三联队行李队。10月，国民救国军的活动范围扩大到敦化、桦甸、安图、额穆、延吉、和龙、汪清、宁安、东宁等10余个县和中东铁路东线一些地方，并建立了50多处游击据点。到1932年秋，国民救国军已经成为东满抗日军的主力。

1932年11月，日军调集重兵在中东铁路西线对黑龙江的抗日武装发动全线进攻。11月2日，日军攻取二道河子救国军副司令部，副司令孔宪荣率部出击失利，退守穆棱。日军一路攻打在绥芬大甸子的救国军前方司令吴义成部；一路攻打在东宁的救国军总司令王德林部。之后，中东铁路东段滨绥铁路沿线全部被日军攻占。

1933年1月5日，日伪军增兵6000余人，在飞机配合下，从五站兵分两路，向救国军总部所在地——黑龙江省东宁发动猛烈进攻。尽管救国军在外围阵地奋力防守，但日军的重火力进攻，使得救国军的东宁外围防线失守。

1月6日，救国军总部陷入敌人重围。在日军的强势“围剿”下，王德林部面临弹药缺乏，又无外援的困难局面。在此紧要关头，救国军总司令王德林向全国发表通电，呼吁援助。电文如下：

全国父老兄弟姐妹钧鉴：

自九一八事变，德林以一营之众，奋起抗日，宁作奋斗爱国之鬼，不当任人宰割之奴，历程千余里，阅时十余月，与敌交绥，屈指难数，所有军械军需，因来源无着，率皆取自敌人资为我用，实为当初意所未及者也。但以无械弹，无饷粮，无救助，无应援之士卒，虽百折而不挠，负一隅而苦斗，其间艰辛情况，有非笔墨所以形容。兴念及此，不禁泪泗滂沱，而不能不据实为真，及最低希望，和泪为国人告也。

我军伤亡，无医药为之拯救，听其呻吟，任其溃烂，死亡于腐，救济无方。此种伤兵，各军各队，触目皆是。我军服装褴褛，由冬而春而夏，所御之服，棉去絮为夹，夹去里为单。悲惨环境，爬冰卧雪，锥心刺骨。我军目前人多于枪械，枪多于子弹，故赖大刀长枪为之辅助，以视军实充裕之日军，不啻云泥之别，然所以迄今仍鼓勇直前者。……我军只知救国，誓不扰民，既无收入之资助，更无固定之军饷，甚至作战数日，难得一饱。希冀国联公平调解已等于望梅，而静候全国大举动员又更事同画饼。锥心刺骨，弥切杞忧，德林志在救国，顾虑毫无，一息尚存，此计决不松懈。但如此孤立无援，不无再衰三竭之虑，时机近切，是有望我全国四万万同胞解囊相助。放弃东北，本无足惜，恐我黄帝五千年之民族，永将沦淤，德林万万不敢！救东北，实在救中国，敬请我四万万同胞，伸手相助，德林誓死血战到底！如此，不唯我救国军全体之幸，仰止我中华民族之幸也。涕泣

陈述，伏维垂鉴，父老兄弟姐妹，我王德林拜求大家了……①

然而，远水不解近渴。救国军很快弹尽粮绝。为了保存实力，再图大计，保存继续抗日的火种，王德林决定，救国军一部分随他退入苏联境内，一部分分散在各地继续坚持抗战。1933 年 1 月 13 日，王德林、孔宪荣等救国军主要领导率领士兵、伤员和家眷 600 余人退入苏联境内。

临行前，在东宁中苏边境的绥芬河旁，王德林拉着戴万龄的双手说:“大哥，你也跟我去苏联吧!”戴万龄不假思索:“我活着做中国人，死了做中国鬼，决不到异国他乡!”王德林与戴万龄老哥俩双手紧紧握在一起，眼含热泪，久久不愿分开。没想到这一别，竟是永别!

以救国军总司令王德林率部退入苏联为标志，东北抗日救国军大规模的抗日斗争宣告失败。它虽然失败了，但它揭开了中国人民武装抗日斗争的序幕，在中华民族抵御

① 郭永圣、蒋成义、吕景才:《王德林传奇》，中国文化出版社，2006，第 226-227 页。

外侮的历史上写下了光辉的一页，特别是为东北抗日游击战争培养锻炼了一批军事领导人才，积累了抗日斗争经验，为创建党直接领导的抗日武装奠定了基础。

之后，中共中央和满洲省委对救国军余部的斗争仍然给予很大关注和全力支持。

在东北抗日斗争形势发生重大变化、救国军遭受严重挫折的关键时刻，1933年1月26日，中共中央发出《中共中央给满洲各级党部及全体党员的信——论满洲的状况和我们党的任务》。指示信对东北的抗日斗争形势进行认真分析，提出建立反日统一战线的任务，以及为完成这一任务而采取的方针、政策、策略。指示信充分肯定“王德林这一部队，不是大部的旧吉林军，而大部分是农民小资产阶级，甚至是工人的反日义勇军，国民党的影响较小。有一时期在某种程度内，曾经允许我们党反帝国主义及革命煽动的自由”①。

在党的领导和协助下，在反日浪潮的推动和群众的支

① 《中共中央给满洲各级党部及全体党员的信——论满洲的状况和我们党的任务》，载中共中央文献研究室、中央档案馆:《建党以来重要文献选编（一九二一—一九四九）》第十册，中央文献出版社，2011，第39页。

援下，东北抗日武装迅猛发展，在白山黑水间抗击日本侵略者。

王德林等退入苏联境内后，留在国内的救国军由吴义成代理总指挥，周保中任总部参议，胡泽民任副总参谋长，李延禄任游击区总司令，下辖七路军。

留下的救国军前方司令吴义成和戴万龄将部队分成两部，各率本部人马突围。

戴万龄命一连打冲锋，二连在中间，三连断后。一连“炮手”多枪法好，戴克俭的“把兄弟”、被称为“独龙”的神枪手李海峰找出敌人的薄弱环节，带领战士奋勇冲杀，硬是把包围圈撕开一个口子，率先冲了出去。二连夹在中间顺势冲出。三连大多为年轻人，跑得快，负责阻击追兵。戴克政率5人战斗小组殿后，他弹无虚发，追上来的一小队日本兵全被他撂倒。

五营经过浴血奋战，牺牲了100多名战士，终于突出重围。最后，他们找到了救国军的大部队，与吴义成部在东宁县老黑山会合。

不久，救国军进行改编，编为东北义勇军，下辖四个路军和一个救国游击军，第一路军司令由吴义成兼任，第二路军司令由周保中代理，第三路军司令由姚振山担任，第四路军司令由柴世荣担任，游击军司令由李延禄担任。

对这一组织改变，日伪当局在其《满洲国警察史》中评述道:“反满抗日匪团，比起建国初期在意识上有所加强，更有训练更加组织化了。当时具有相当实力的东北义勇军的编制是：在前方总指挥吴义成下设四路军制，他们划定游击地区，注意领导。每一队员配步枪 1 支，子弹 150 发。这一时期，其组织与活动都有很大改进与加强。”①

“戴家军”浴血奋战，突出重围的时候，1933 年 4 月 27 日，吴义成、周保中率领义勇军一举攻克安图县城。

6 月 1 日，中共满洲省委致信绥宁中心县委，指出当前的中心任务之一是“在争取反日武装队伍的领导方面，首先对吴义成部队，因为我们的工作有相当基础，吴部仍在继续与日军作战，前已占领安图，必须立刻派同志去传达中央的路线给老×（即周保中）并应尽可能的派一部分

① 赵俊清:《周保中传》，黑龙江人民出版社，2011，第 85 页。

干部去帮助他的工作，形成该部队中坚强的党的领导机关。”①

由柴世荣任总指挥，联合其他义勇军参加的共3000余人的队伍，发起了攻打东宁县城三岔口的战斗。根据作战部署，由史忠恒部和“戴家军”组成的救国军和由金日成率领的汪清、珲春游击队，进攻敌人防守力量最强的西炮台。当日清晨，战斗打响。经过一天激战，击毙日伪军150余人，击伤70余人。

年底，周保中率领边区军第一、第三连和一部分反日山林队抵达宁安。

他回来后，听说了在王德林等退入苏联境内时，戴万龄拒绝王德林的邀请，没有随其退入苏联的事。

当时，吴义成也提出要退入苏联。吴义成原是“老三营”的连长，退伍后在敦化开了饭店，生活富裕，妻室儿女俱全。日本帝国主义的入侵，激发了他的民族气节，他积极响应王德林的义举。于是他抛家舍业，重返“老三

① 赵俊清:《周保中传》，黑龙江人民出版社，2011，第91页。

营”，参加了国民救国军。[1] 看到老上司王德林退入苏联，吴义成不禁亦萌生了退意。“周保中明确表示，坚决不能退避苏联。……周保中向其陈明成破利害，讲坚持抗战，尚有转机的道理，终使吴义成打消了退入苏联的念头，坚持留下来继续从事抗日武装斗争。……在这十分艰难的日子里，周保中竭力与部队中存在的各种想退离抗日战场的思想进行斗争，力挽狂澜，独拯危局。”[2]

戴万龄的想法与周保中不谋而合，这使周保中感触良多。一个下级军官、60 多岁的老人，在关键时刻，能够做出符合党的主张的正确选择，这在当时连许多高级将领都难以望其项背，怎不令人感动?!

周保中从戴万龄的身上看到了东北抗战的希望。从此，他对戴万龄的五营特别关注。

在离开王德林的日子里，五营就像没娘的孩子，失去了依靠。

与大部队会合以后，戴万龄面临的一个问题是，救国

① 政协敦化市委员会:《敦化文史资料》(1-12 合集)中，第 692 页。
② 赵俊清:《周保中传》，黑龙江人民出版社，2011，第 84 页。

军已经改编为东北义勇军了，今后五营隶属何处？

在戴万龄内心焦虑不安之时，中共党组织伸出了援手。这就是救国军总部基层党组织的负责人之一——救国军总部秘书长陈翰章。他与戴万龄同一时期加入救国军，两人又是敦化同乡，他对戴万龄的抗日情怀颇为了解。为了使这支抗日武装健康成长，将其培养成为党直接领导的抗日队伍，陈翰章主动向柴世荣介绍了五营的情况，并建议将五营编入柴世荣旅。

柴世荣

（东北抗日联军第五军军长）

柴世荣，原名柴兆升，1894年出生于山东省莱州府胶州洋河镇魏家庄村。5岁时，家乡遇灾，柴世荣随父母闯关东，到吉林省和龙县落脚。12岁时，柴世荣开始跟随父亲上山打猎，练出了一手好枪法，百米内射杀猎物，都不用瞄准，百发百中。有一次，山中一只豹子突然闯进了村子，凶猛的豹子连伤了不少牲畜，村民们都吓得赶紧四处躲藏。柴世荣知道消息后，独自一人与豹子展开周旋，最终用枪直接将豹子打死，被乡亲们称作“神枪手”。

17 岁那年，柴世荣与陈家屯的姑娘柳素青结婚，此后几年，儿子京悟、女儿金英相继出生。

为了维持一家人的生计，1924 年，柴世荣加入中国到朝鲜的劳工队伍。1910 年 8 月 22 日，日本当局迫使朝鲜签订了《日韩合并条约》，从此，朝鲜半岛三千里江山惨遭日寇铁蹄的践踏。为了将朝鲜半岛的矿产资源掠为己有，日本诱骗、强掳周边国家的劳工来到朝鲜，修筑铁路、架设桥梁、开山炸石……

在朝鲜，柴世荣受尽屈辱。他住的是一个约 2 米宽、70 米长、不足 2 米高的工棚，人得低着头才能钻进去。100 多号人每人分得宽约 70 厘米的一窄条儿地铺，晚上睡觉都无法翻身。吃的就更加令人作呕了。早饭是用发霉的苞米面做成的窝窝头，吃的菜只有盐水煮豆子；午餐和晚餐就吃硬邦邦的高粱米饭。工地上的环境更别提了，日本监工根本不把劳工当人看，天刚蒙蒙亮就把工人吆喝起来，吃早饭只给 5 分钟时间，来不及吃完就被赶出去上工了，晚上天黑得看不见五指了才响起收工哨。干活时动作稍慢一点就要挨打。就这样干了三年多，柴世荣实在受不了这个屈辱，就想办法鼓动工友，终于逃离了这个吃人的魔窟，回到了久违的祖国、可爱的家。

出国当劳工，本来是要挣点钱贴补家用的，结果不仅没挣到钱，还差点丢了性命。1929 年，柴世荣当上了警察，被分配到龙井村警察所。柴世荣刚直不阿，古道热肠，在十里八乡中享有极好的口碑，很快被升为巡官，后被提拔为和龙县警察局的巡长。

自从当了巡长后，柴世荣接触的领域更广了，眼界也开阔了，想问题也更加深刻了："为什么自己对局里的一些人和事越来越看不顺眼？为什么自己一心想帮百姓做点事，却使得上峰对自己越来越疏离？为什么日本当局在中国的土地上这里伐木那里开矿，这里修铁路那里做生意，肆意掠夺财富，地方官府非但不制止，反而还给日本人大开方便之门？为什么老百姓为保住自己活命的土地，跟小日本抗争，警察非但不保百姓平安，反而把他们当成刁民，帮着日本侵略者抓捕、镇压?”[①]

柴世荣越想越感到压抑，产生了扒下这身制服不干警察的念头。

这时，发生了一件对他此后的人生产生重大影响的事。

1931 年 3 月的一天，柴世荣中学时的老师李光汉找到他，说道:“有几个进步青年，因为组织读书会，呼吁朝鲜民众开展抗日，被警察抓起来了，现在就关在城西警所。请你一定设法把他们救出来。”

柴世荣第二天就来到城西警所。柴世荣说起今天局里开会布置抓捕共产党的事。警所的人就说，有 7 个青年昨天被他们抓了，已报告局长，正准备明天送到日本人那里去。

柴世荣接过话茬说:“我就为这事来的，局里逮捕了朝鲜青年同盟会的人，那几个人交代了，昨天聚会时正碰上你们抓人，他们趁乱跑了，你们抓到的是几个被叫去充数的。”

① 张璋:《发现柴世荣》，齐鲁电子音像出版社，2015，第 133-134 页。

“不可能吧，俺可是在他们身上搜出了大叠抗日传单呢。”

“咋不可能？局里抓住那几个人都交代了，他们给每个去顶数的人都塞了传单，让他们出去散发，还没等开会呢，你们就动手了。行了，把乱抓的那几个草民放走吧，局里已经把真正的反日分子送到日本人那了。”

就这样，那7个进步青年当天就被释放了。

纸是包不住火的。警局很快发现了问题，就城西警所放走共产党一事展开彻查。柴世荣听到风声，知道这事最终必然会查到自己头上。于是，他连夜赶回家里，简单说明情况，带着妻子、儿女一家五口消失在寒冷的夜幕中。

路上，遇见了土匪。土匪把柴世荣一家五口请到了山上，并没有为难他们，而是好酒好菜地款待了一番。当得知这就是大名鼎鼎的和龙县警察局的巡长柴世荣时，这帮打家劫舍之人，更是一个劲地撺掇柴世荣留在山上，当他们“掌柜”的。

柴世荣答应了他们的请求，但立下一条规矩：不准祸害老百姓，要为民请命，替天行道，劫富济贫。

在一片欢呼声中，柴世荣接过“掌柜”的担子，一家五口暂时在山上安顿下来了。

不久，九一八事变爆发。这时，柴世荣已经 37 岁。几十年的苦难经历，使他非常清楚在列强铁蹄下生存是什么滋味。他向山寨的弟兄们宣传抗日救亡的道理，宣讲蒋介石采取不抵抗政策就是死路一条。山寨的兄弟本来就是被日本人逼上梁山的。柴世荣的一席话，让这些绿林好汉热血沸腾，他们个个摩拳擦掌，积极拥护柴世荣的抗日主张。

但是，山寨这几杆子破枪，没有上手的家伙怎么打？

柴世荣想到了他曾供职的警察局，想到了他的那一帮旧部。

一天夜里，柴世荣取出一些好酒和刚刚猎捕的新鲜野猪等，带上几个弟兄悄悄下了山，潜回了警局。他吩咐手下把好门岗，把其他警员全部请到了值班室，大碗喝酒，大块吃肉，好不热闹。

酒过三巡，柴世荣发话了：“弟兄们，小日本儿残杀咱们同胞，夺咱们财富，造成多少人妻离子散，家破人亡……”

大家异口同声地回答:“不做亡国奴，赶走侵略者!”

于是，一支几百人的抗日队伍聚拢在柴世荣的旗帜下。

不久之后，王德林在小城子（今汪清县春阳镇）召开抗日誓师大会，宣布“中国国民抗日救国军”成立。在这支抗日队伍里，柴世荣的队伍被编为第四旅，柴世荣任旅长。戴万龄的人马则被编为“乡团大队”。

接下来，在第一次攻打敦化县城的战斗中，戴万龄的乡团大队负责攻打南门，而柴世荣的第四旅负责攻打东门。这是他们第一次并肩战斗。当然，这时的戴万龄还不认识柴世荣，但柴世荣已经知道戴万龄的大名了。

起因还是戴万龄的乡团大队擅自提款的事。那天，第一次攻打敦化县城战斗结束，柴世荣就马不停蹄地赶往50里外的大荒沟子，参加王德林主持召开的军事会议。刚进院子，柴世荣就隐约听见屋里传出的激烈争吵声。争吵的内容是戴万龄的乡团大队擅自提款的事，救国军参谋长李延禄与副指挥孔宪荣争得面红耳赤。

这时，门外突然响起洪亮的“报告”声，打断了两人的争论。

“请进!”

王德林看到柴世荣进门，异常兴奋地说:“辛苦了!”他上前一把抓住柴世荣的手，嘘寒问暖，然后转入正题，向着柴世荣说:“俺们刚才正在说一鼓作气攻下额穆城的事，快说说你的想法。”

柴世荣接过话茬:“俺完全赞成趁势拿下额穆。额穆在敦化的西北方向，咱打完敦化是向西南方向撤离的，敌人一定以为咱需要休整一段时间，咱就打他个出其不意!”

就这样，大家的注意力转到了作战上，没人再提戴万龄乡团大队的事了。

事后柴世荣了解到，戴万龄虽然有地主成分，在当时党的政策中他是被斗争的对象，可为了抗日，戴万龄年过六旬，毅然放弃舒坦的日子，变卖家产，带着全家几十口人，走上抗日的道路，这是可敬的。至于进城提款的事，虽然有错，但在当时是很普遍的，他们参军不久，不了解部队的规矩，经过不断加强学习和教育，就会改正的。

从此，柴世荣开始关注戴万龄和他的部队的发展。

柴世荣对戴万龄的为人和五营的作战情况早有耳闻，特别是这次在救国军面临重大危机之时，戴万龄表现出决不退缩、抗日到底的坚定意志，并把部队带出来，使柴世荣深受感动。柴世荣也是坚决反对退入苏联的救国军将士之一。在吴义成左右摇摆、举棋不定时，柴世荣挺身而出，劝导吴义成说："咱到人家那里去干什么？国难当头，就应该在自己的国土上坚持到底，不能做战场上的逃兵！就是死，咱们也要把尸骨埋在长白山下，埋在黑土地上，绝不能做他乡之鬼……"①

在这个问题上同样对戴万龄赞不绝口的周保中，是柴世荣的入党介绍人。当时，周保中曾问他：为什么要入党？入党的动机是什么？柴世荣回答："我讲不出什么大道理，就是想加入中国共产党的队列中，成为共产党的一分子，成为像您一样的人。入党的目的嘛，一句话，将小日本儿赶出中国去，让老百姓过上太平、安宁的日子。"②

① 张璋：《发现柴世荣》，齐鲁电子音像出版社，2015，第176页。
② 张璋：《发现柴世荣》，齐鲁电子音像出版社，2015，第178页。

有了陈翰章的积极建议、周保中的大力支持和柴世荣的深明大义，戴万龄的五营顺利加入了柴世荣的队伍。

1934年1月，中共满洲省委吉东局指示周保中退出救国军，到宁安组织由共产党直接领导的绥宁反日同盟军。2月上旬，周保中率领辽吉边区军第一、第三连100多人，到达宁安县东南山。2月16日，由周保中主持，在宁安县东南山召开了反日部队干部会议。会议中心议题是研究成立绥宁反日同盟军问题。会议一致通过了由中共提出的关于共同抗日的纲领。决定以延吉边区军第一、第三连和工农反日义务总队这两支部队为骨干，联合国民救国军柴世荣旅、王毓峰团、王汝起团、裴振东团、傅显明团和党领导的八道河子自卫队成立绥宁反日同盟军。周保中任军长，张建东任参谋长，胡仁任政治部主任。会议明确了各部队作战区域，如边区军第一、第三连在唐头沟、家什沟、罗圈沟一带活动；柴世荣旅、傅显明团在二道河子、三道河子、八道河子一带活动。

绥宁反日同盟军的成立，标志着在吉东地区正式建成了由中国共产党直接领导的一支新生的反日武装；柴世荣旅的加入标志着戴万龄的五营跟随周保中、柴世荣成为党直接领导下的抗日武装的一员。

这件事意义重大。在共产国际七大召开期间，中共代表刘焜在大会发言中提及此事，指出："凡是游击运动十分活跃的地区，我们都建立了人民革命军……我们与其他抗日游击队伍共同组建了'救国联军'总指挥部和'抗日联军'总指挥部。各路总指挥官都从最积极的抗日领袖中选出。例如在吉林省珠河选举了赵尚志，在南满选举了杨靖宇，在吉林省东部选举了周保中等等。"①

1934 年 4 月，戴万龄的五营跟随柴世荣在八道河子设伏袭击日军守备队和伪警察队。毙伤敌 87 人，缴获步枪 7 支，子弹 200 余发。随后，他们奔赴东满汪清，与金日成率领的东北人民革命军会合，在延吉、和龙、珲春、东宁、蛟河等地，与日伪军进行斗争。

到年底，在宁安一带已发展成势的抗日武装力量有三大系统：一是由吴义成领导的抗日救国军系统；二是以西北山八大队为代表的山林队系统；三是党领导的反日同盟

① 赵俊清:《周保中传》，黑龙江人民出版社，2011，第 115 页。

军系统。为了把这些抗日武装统一起来，实现统一编制、统一领导、统一指挥，形成 1＋1＋1＞3 的合力，1935 年 1 月，在东北已经建立东北人民革命军第一军、第二军、第三军和东北抗日同盟军第四军的基础上，中共满洲省委吉东局、宁安县委和绥宁反日同盟军党委共同决定，将绥宁反日同盟军改编为东北反日联合军第五军。2 月 10 日，东北反日联合军第五军在宁安正式宣布成立。周保中任军长，柴世荣任副军长，胡仁任政治部主任，张建东任参谋长。全军 936 人，机枪 8 挺，步枪 924 支。下辖 2 个师、6 个团。第一师是以原宁安工农义务队和宁安反日游击队为基础组成的，师长李荆璞，政治部主任关书范，下设第一、二、三团。第二师由原国民救国军部队及山林队编成。师长傅显明，副师长姜振荣，政治部主任李光林，参谋长陈翰章（后任），下辖第四、五、六团。戴万龄的五营就编制在第二师四团。戴克政担任四团二连二排排长。

2 月 20 日，周保中亲自起草并发表《绥宁反日同盟军改组东北反日联合军第五军成立宣言》。宣言深刻阐述成立反日联合军第五军的意义，号召广大官兵齐心努力，反日救国。提出第五军的行动纲领：

“第一，我们任务，专门是打倒强盗日本帝国主义和推翻走狗集团‘满洲国’，目的要收回中国领土，建立中国人民独立自主的人民政权。

“第二，我们这个反日联合军是人民救国的武装，虽然以工人农民为主，但凡是大中华民国的国民，不论你是地主、资本家、学生、知识分子、自由职业者、小商人、小手艺人，不论你信奉什么宗教，不论你什么政治派别，都有权利来参加，这就是集合中国人一切力量来反对日本，保护中国，就是反日的高丽人、蒙古人，都应该亲密的联合的。

“第三，反日联合军是打日本的先锋队，民众是主力，又是后援。因此，民众应该用一切必需的物质和方法来帮助反日军队。同时，反日军队是拥护民众利益的，到处保护民众耕种、营业、居住以及民权自由。

“第四，在日本强盗和走狗集团‘满洲国’压迫下欺骗下的亲日军队，政治的、社会的团体，若能秘密组织反日或公开反日救国，本军一律欢迎，加以援助、合作。”①

1935 年 6 月 3 日，中共驻共产国际代表团发出《给吉东负责同志的秘密信》，指示信提出了一个全新的政策，即实行全民反日统一战线，不分党派、阶级、民族的反日统一战线。

8 月 1 日，中共驻共产国际代表团根据共产国际第七次代表大会上有关在各国建立反法西斯统一战线的精神要求，起草了《中国苏维埃政府、中国共产党中央为抗日救国告全体同胞书》，即“八一宣言”。“八一宣言”公开提出要组织抗日联军并对抗日联军的组成提出要求，指出抗日联军应由一切愿意抗日的部队合组而成，在国防政府领导之下，组成统一的抗日联军总司令部。这种总司令部或由各军抗日长官及士兵选出代表组成，或由其他形式组成，也由各方代表及全体人民公意而定。红军绝对首先加入联军尽抗日救国天职。

为贯彻落实“八一宣言”精神，1936 年 2 月，东北人

① 周保中:《绥宁反日同盟军改组东北反日联合军第五军成立宣言（节选）》，吉林省档案馆、中共吉林省委党史研究室编《周保中抗日救国文集》（上），吉林大学出版社，1996，第 137 页。

民革命军改编为东北抗日联军。周保中领导的东北反日联合军第五军正式改编为东北抗日联军第五军。根据 2 月 20 日发表的《东北抗日联军统一军队建制宣言》，东北人民革命军、东北抗日同盟军、东北反日联合军、东北反日民众救国军部队“一律改组军队建制为东北抗日联军第一、二、三、四、五、六军，以及抗日联军××游击队”。

东北反日联合军第五军改编为东北抗日联军第五军后，周保中任军长，柴世荣任副军长，胡仁任政治部主任，张建东任参谋长。军部下辖两个师，全军共 700 余人。

从此，“戴家军”成为东北抗日联军第五军的一分子。

第七章

“戴家军”中走出第一个共产党人

“戴家军”从加入救国军的第一天起，就受到了中国共产党的教育和影响。国民救国军是在东北军旧部“老三营”的基础上，吸收各方面爱国志士而建立起来的一支抗日武装。他们的主体不是共产党人，但共产党人在其中发挥了核心作用。

王德林的中国国民抗日救国军就是在中国共产党的影

响下，从原东北军的一个营宣布起义，脱离东北军的。在这个过程中，中共东满特委先后派胡泽民、王毓民等10多名党团员来到王德林部，支持其抗日事业。之后，中共延吉县委委派李延禄来到王德林身边，协助王德林定下建立救国军的大计。

国民救国军一成立，中共就在补充团建立了秘密的党支部，由孟泾清担任书记。到1932年末、1933年初，国民救国军中有共产党员、共青团员100多人。吴义成部有4个党支部、2个团支部。

孟泾清成为最早深刻影响了戴万龄一家的共产党人。

那是第一次攻打敦化城。王德林事先告诉戴万龄，此次作战目的之一是提取敦化商会会长万茂森募集的30万大洋，嘱咐他:“孟营与你们大队攻南门，一起去提款，力争万无一失!”

在攻打敦化县城时，负责攻打南门的戴万龄乡团大队率先得手。兴奋得过了头的戴万龄，忘记王德林的“与孟营一起去提款”的嘱咐，单独行动，带领部队冲进了万茂森的深宅大院。

按照事先约定，“三急两缓”叩击大门，可是大门迟迟不开。其实，万茂森那时正在屋内，他本以为王德林会秘密派人来取款，没想到救国军大队人马攻城，枪炮声、喊杀声把万茂森吓坏了，他吩咐下人不要开门。

戴万龄没有办法，只好带着队伍撤出了县城。

他怎么也想不到，不但没有拿到30万巨款，还打草惊蛇导致万茂森被日军抓获，逼其交出30万大洋。万茂森宁死不屈，无奈之下，1932年3月30日，日军关东宪兵队将万茂森枪杀于吉林城郊九龙口。

与他同时被害的还有国民抗日救国军总部参议盖文华、赵冠民，吉林西大街木业商李冠荣，蛟河商会会长肖庆功，蛟河税捐局局长于登云，敦化警务段段长王涤中，敦化警务段巡官田沛森，敦化国际运输会社运送员傅宪周，吉林利群小学教员王樽，蛟河镇农会会长王连恩，敦化吉敦路工务员胡世桢，敦化站电报员杨邦振等12人。

上述人员被捕并惨遭杀害的情况，东北问题研究会1933年1月出版的《九一八后国难痛史资料》作了如下记述：

国民救国军王德林部，于二十一年2月20日袭击敦化县城时，日军曾以大队往援，以道路不明，被王部围击，损伤400余人。

愤无所泄疑系我方吉敦路蛟河站员及当地民众私通消息，遂将路员五名暨商会会长等四名，又敦化县商会会长并省垣之处嫌疑地位者三名，擅自捕解该军司令部，酷刑严讯。被捕者至求死不获，至3月30日清晨六时，日军竟用汽车悉数载往九龙口刑场，完全处死。事先将各人双目用布蒙蔽，口中塞满棉絮，枪杀后，并以刺刀将喉管割裂，命伪政府之公安局长日人穀昌监刑……①

后来发现，万茂森被日军枪杀除上述原因外，还有隐情。

1931年9月，日军占领敦化后，强占第一小学作为军营，迫使学校停办，395名学生全部停学。对于敦化早期传播革命思想的敖东中学，日本侵略者更是残酷打击。日

① 张璋:《发现柴世荣》，齐鲁电子音像出版社，2015，第156-157页。

军侵占敦化后，在日本特务、敦化铁路出张所所长渡边乙二的指引下，十几名全副武装的日军进入反日思潮浓厚的敖东中学，闯入礼堂，将国旗用刺刀挑下，用脚践踏，并把孙中山像用刺刀戳出窟窿。不久，在校董会会长万茂森主持的“国联”九一八事变调查团接待会上，敖东中学校长张成之向美国驻哈尔滨总领事控诉，指责日军的暴行。当时，作为特务的渡边乙二也参加了这次接待会，他把这些控诉报告给他的上级，很快日军逮捕了万茂森和张成之，将二人押送至吉林关押，随后将万茂森杀害。张成之则在教育界人士的积极营救下，得以释放，但不久郁郁而终。①

之后，救国军又于 1932 年 2 月 24 日攻克额穆县城，28 日攻克蛟河县城。这两个县的提款计划同样落空。因担心像敦化那样的提款情况再度发生，日伪早就调走了额穆、蛟河两个县的“官银钱号”所有的各界爱国人士募集的捐款，包括其公款。

① 中共敦化市委党史研究室:《中国共产党敦化历史》第一卷（1921—1949），吉林人民出版社，2011，第 50-60 页。

事情发生后，国民救国军参谋长兼补充团团长李延禄在第一时间将此事报告王德林，要求严肃处理戴万龄。王德林没有如李延禄要求的那样做。因为，导致提款计划落空的主要原因，不是戴万龄的提款行动，而是此次作战动静太大，惊吓了“官银钱号”的万茂森等人。要说失误，第一次攻打敦化县城以提款为目标则是问题的症结所在。即便没有戴万龄的鲁莽行动，像李延禄在《过去的年代：关于东北抗联四军的回忆》一书中记述的那样，由他去提款，同样的问题还会发生。李延禄谈起这个过程时说：

交代之后，我就带着传令兵到“永衡”去了。有些“官银钱号”的炮手们在门口热烈欢迎，他们本来是带着枪在门口探望街面上动静的。我们一进到有铁栏杆卫护的柜台里面，管事人就招呼我们进到后院他们的大厅里，我一眼就看见早班职员，都围在会议桌上点票子。商会会长万茂森走过来向我祝贺，但脸上还带着为大炮声所引起的紧张神色。当时我们口干唇焦，但我们来不及找水喝，我们要求尽快的把款提走。先遣副官说，已经点出三四千元的款子。但万茂森会长和他周围的几个亲近的爱国士绅，却要求对募捐名册进行核对、盖章、签收，这一些鬼手续仿佛要三天才能办完似的。……现在是分秒必争，时间珍贵，多一分钟，我们就多一分战果，少一分钟，我们就少一分收获。我于是提出，募捐人名册由我们带回去查对，不要一份一份签收，只要给个总数就行啦！于是，桌子拉开啦，所有敌伪的公款，都一堆堆，一叠叠，从各库里搬出来，分头清点。总计约有三十多万元。包括：金锭、银元宝、现大洋、日本金票、永衡官帖、哈洋等等。我一看，九点钟了，尽管他们的手法熟练，一两分钟就是百把元的票子过手啦，但这是几十万张的纸钞，和几万的现大洋呀！我又说："不要这么一张一张点啦！你们这种认真负责的态度，我们很感谢，现在你们就这样捆一捆装麻袋好啦！记一个大数就行，现大洋装一条麻袋，'金票'装一条麻袋。"开始，他们很吃惊，仿佛说，这是钱财，哪能这么大手大脚的处理。但在万会长怂恿下，他们就开始按我所说的方法，一捆一捆地装麻袋，但仍然点着数，打着算盘，记着账。总共近三十万的现款，直到十二点钟，才装上两卡车。这之间，又找麻袋，又找绳子。总之，车已经装好，单等开车的司机啦！商会万会长不知道什么时候，因为什么急匆匆给人招呼出去了，又不知道什么时候，所有“官银钱号”的炮手们都又手持匣枪跑上炮台去。[①]

这样的提款阵仗动静会小吗？这种提款会保住秘密吗？而此后万茂森被日军抓捕，乃至被杀害，正是由于这样的行动使日军得知万茂森手中握有各界爱国人士为抗日募捐的款项。而戴万龄的行动，充其量加剧了日军对东北民间款项落入抗日武装手中的忌惮。

戴万龄错在王德林有言在先，让其与孟营一起去提款。而戴万龄没有与孟营一起商量如何提款。他的单独行动属于擅自行动，属于机械执行上级命令，没有仔细研究

① 李延禄口述、骆宾基整理:《过去的年代：关于东北抗联四军的回忆》，黑龙江人民出版社，1979，第 15-16 页。

行动细节。所以，最终以给戴万龄记大过一次的处分而了结。

对此，在当天召开的补充团党支部会议上，再次讨论了这件事。支部书记孟泾清对李延禄说，小不忍则乱大谋。孟泾清让李延禄顾全大局，协力抗日。还表示，他们的思想意识就是那样，需要慢慢地耐心教育，不能像对党员一样来要求他们，你不提出按军法办，不对；提出来，再三坚持，也不对。总之，他们抗日一天，我们就团结他们一天。[①]

通过这件事，戴万龄深深认识到服从命令、听从指挥的重要性；也开始反思自己的一次鲁莽行动，对国民救国军的提款行动造成的重大损失。虽然王德林从抗日的大局出发，从他们结拜兄弟的情谊出发，保护了他，但此后每当提及此事，戴万龄都充满自责，并以此教育“戴家军”。

这件事也教育了李延禄。那时，他入党也才几个月，对党的统一战线政策还不熟悉。这个时期，党提出“依靠

① 李延禄口述、骆宾基整理:《过去的年代：关于东北抗联四军的回忆》，黑龙江人民出版社，1979，第18-19页。

贫农、雇农，联合中农，限制富农，保护中小工商业者，消灭地主阶级，变封建半封建的土地所有制为农民的土地所有制”的总路线。因此，对于地主成分的戴万龄，李延禄没能认识到这个年过花甲的老人，舍家弃业带出一支抗日队伍的可贵之处；没能认识到作为一支首次参加作战的队伍，出现一点闪失是可以理解的。

如果说中国共产党对“戴家军”的教育和影响始于孟泾清、李延禄的话，那么，接下来周保中、陈翰章、胡泽民、柴世荣等共产党人则一步步把“戴家军”引向党直接领导下的革命队伍。

在1933年王德林退入苏联后，国民救国军改编为东北义勇军时，是共产党人陈翰章的举荐，使五营被顺利编入柴世荣旅，加入东北义勇军。1934年1月，成立绥宁反日同盟军。“戴家军”跟随柴世荣旅加入进来；6月8日，经周保中介绍，柴世荣加入中国共产党。这样，“戴家军”开始在党直接领导下的革命军队中进行党的抗日事业。1935年2月，部队改编为东北反日联合军第五军，周保中任军长，柴世荣任副军长，戴万龄的五营编入第二师四团。1936 年 2 月，东北反日联合军第五军正式改编为东北抗日联军第五军。“戴家军”分散编入第五军各部队，从此，接受党的领导这一思想深深扎根于每个戴家人的心中。在这个过程中，表现最为出色的，是戴万龄的第六子戴克政。

戴克政 1916 年 2 月 17 日出生，从小聪明伶俐、性格开朗，为人忠厚。为了培养戴克政成才，戴万龄在其年纪尚小时就请来家庭塾师，教育他读书识字。在他 8 岁时，戴万龄送他到敦化县第二小学读书。识字之后，戴克政最爱读《杨家将》《岳飞传》《三国演义》《孙子兵法》等书籍。

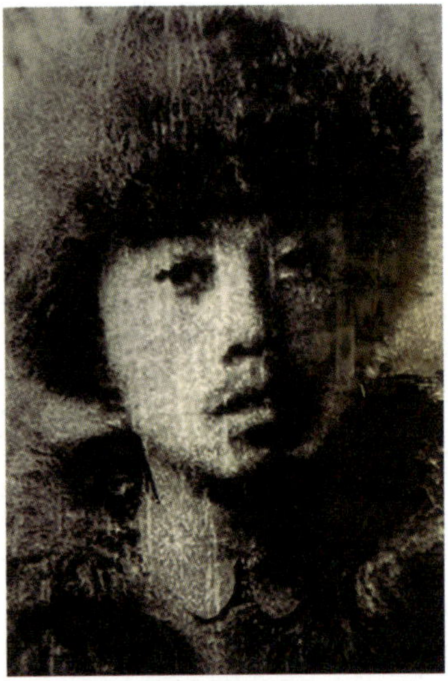

戴克政
（东北抗日联军第五军第三师第九团团长）

1932 年 2 月 18 日，戴万龄率领戴家子弟加入王德林的国民救国军，被编为乡团大队，16 岁的戴克政跟随父亲成了救国军的一员，先后担任传令兵、警卫员、班长、排长、连长、团长。1932 年 2 月 20 日，救国军第一次攻打敦化县城，戴克政就参加了战斗。20 多天后，在镜泊湖之战中的滴嗒嘴子伏击战中，戴克政冲锋陷阵，弹无虚发，小试牛刀，初步展现了他的军事才能。接着，他又参加了救国军在镜泊湖的第二战——“墙缝”之战，伏击日军上田支队。

1933 年 6 月，戴克政参加了救国军攻打安图县松江镇的战斗。他的英勇表现，让救国军的领导人刮目相看。随后戴克政跟着救国军副总参谋长胡泽民等千余人，在东宁参加了义勇军各部联合进攻东宁县城三岔口的战斗。敌强我弱，三岔口得而复失，部队退到东宁县老黑山活动。戴克政被调到救国军司令部，成为胡泽民的警卫员。这是戴克政第一次离开“戴家军”，独立开展工作。

胡泽民，1902 年出生在辽宁沈阳苏家屯的一个满族家庭。毕业于沈阳师范学校。1928 年加入中国共产主义青年团，1930 年加入中国共产党。曾为东满地区和龙县师范学校教师。九一八事变后，胡泽民策动旧吉林军 3 万余人起义。他率部加入王德林的国民救国军，任前敌总指挥部参谋长。1932 年 7 月，胡泽民指挥部队攻占安图县城和抚松、桦甸等地，开辟了辽（宁）吉（林）边区抗日根据地。这一时期，胡泽民与周保中一起，在国民救国军前敌司令部建立了党、团支部，在士兵中秘密发展了一批党、团员。与他们一起从事救国军党的工作的还有陈翰章、金日成等。在实际工作中，胡泽民表现出了较高的工作能力和马克思主义理论水平，他经常给大家讲抗日救国革命道理，令官兵十分佩服。

1933 年 1 月，王德林等退入苏联境内，吴义成代理总司令，周保中为总参谋长，胡泽民为副总参谋长。

内心十分敬仰胡泽民的戴克政，自从来到胡泽民身边后，工作更加积极努力，出色地完成了胡泽民交给他的战斗联络、行军警戒等各项工作。胡泽民很是满意，认为戴克政是一个年轻有为的好同志。

没想到后来却发生了悲剧。

那是 1933 年 9 月 6 日，吴义成率领国民救国军会同金日成等领导的汪清、延吉反日游击队近 2000 人，向东宁县城发起进攻，胡泽民参与了战斗指挥。双方激战到中午，不分胜负。吴义成、金日成、胡泽民率部撤退至老黑山。

晚饭后，警卫员戴克政还想利用一点闲暇练习射击，不慎手枪走火，子弹穿透正在附近散步的胡泽民的腹部。一代抗日将领胡泽民不治身亡。

发生如此重大事故，震惊了国民救国军。这是救国军成立以来牺牲的最高级别将领。他没有死在敌人的屠刀下，却被自己的战士误伤并致死。救国军总部群情激愤，要求严惩肇事者。包括周保中在内的救国军将领都非常气愤。于是，戴克政被关了起来。

戴克政在第一时间被吓蒙了。清醒过来之后，他号啕大哭，为他的无知而懊悔。自己敬爱的首长，死于自己的枪下，他将如何面对道德的质问，如何面对救国军将士和父老乡亲？自己是保卫首长的，却亲手误杀了首长，自己有多么大的罪过？胡泽民是一代名将，是周保中的得力助手，年仅 31 岁，前途无量，他的牺牲对革命造成多大的损失？越想，戴克政越觉得再无颜面苟活下去。他自愿赴死，以生命的代价为自己的过失赎罪。

这起事故的受害人胡泽民在中枪后却始终表现得异常冷静，他在清醒的时候，得知战友们为他抱不平，便一遍遍劝告大家保持冷静，他说，发生这次事故纯属偶然，戴克政是无心之过，他作战勇敢，能文能武，是个少年英才，当下大敌当前，正是用人之际，应该让戴克政戴罪立功。

临终前，胡泽民留下遗嘱：“团结一致，将抗日救国贯彻到底，戴克政一时错误，绝无其他可究之因，可赦免其死罪，留有望之革命青年以报国家。”

最终，国民救国军总部根据胡泽民的遗嘱和戴克政的一贯表现，赦免了戴克政。

胡泽民的宽宏大量，高风亮节，令戴克政无地自容。共产党人面对生死的从容无畏，面对伤害自己的人的宽广胸襟，使戴克政对中国共产党和她的事业无限崇敬。他决心今生今世跟定共产党，把抗日事业进行到底。

之后，部队给他放假，戴克政从军以来第一次休假，回到家中。

经过这一事件，虽然戴克政保住了性命，但全家人还是为他捏了一把冷汗。在家宴上，兄长们提议:“克政订婚而未完婚，军旅生活非常艰苦，动荡不定，生死难测，还是早日把老六的婚事办了吧。”

这话说到了父亲戴万龄心里。他立即决定连夜让戴克政与随军转战的未婚妻柴氏成亲。

婚后不久，戴克政调到柴世荣旅司令部工作。年底，戴克政加入中国共产主义青年团。

1934 年 6 月 15 日，柴世荣旅奉命东进，会合友军进攻绥芬大甸子（今汪清县罗子沟镇）。在这一阶段的战斗生活中，戴克政冲锋陷阵，击毙多名日伪军。周保中将军对戴克政有了进一步的了解，看到戴克政正如胡泽民说的那样，是一位忠实、诚挚、活泼的青年人，周保中经常对他加以勉励。在周保中的关怀和指导下，戴克政的政治、军事素质不断提高，迅速成长起来。

在此前后，戴克政收获了他人生的多重幸福。

一是婚后不久，1934 年 11 月 24 日，他的儿子戴友喜出生。

二是1935年2月，东北反日联合军第五军成立，戴克政担任第二师第四团第二连第二排排长。

三是1935年3月，戴克政转为光荣的中国共产党党员。

成为中国共产党的一员，是戴克政毕生的夙愿，也是戴家全族的追求。戴家全族抛家舍业，不怕艰难困苦，不怕流血牺牲，投身于抗战的洪流，为的就是跟着中国共产党，把日本帝国主义赶出中国去。

加入中国共产党之后，戴克政对自己要求更高了。他对革命知识不但勤学精进，且每战身先士卒，指挥掌握有如久经练达者，凡游击所到之地，辄召开农民抗日宣传大会，对于抗日救国之言词娓娓动人。

7月末8月初，戴克政加入东北反日联合军西部派遣队，随副军长柴世荣、一师师长李荆璞等到额穆县境北部活动。先后参加了青沟子、通沟岗子、黑石屯等战斗。

青沟子战斗是1935年10月打响的。当时，东北反日联合军第五军一师师长李荆璞率西征部队活动在青沟子一带。有一天，部队在运动中不慎被日军一个小分队发现。

这股日军带领一个伪自卫团紧紧尾随，穷追不舍。

针对这一情况，李荆璞决定，在运动中寻找战机，打击日军。他带领部队开始与日军兜圈子。部队从同心屯出发，经东明屯、东青屯，跨过都陵河到达双顶子屯，再折返南下进入双河口屯。100 多里路的急行军，达到了拖垮敌人的目的。

李荆璞始终记得，此次作战的主要敌人是日军。为了分化敌人，李荆璞设法在运动中做好伪自卫团的工作，促其在战斗打响后主动脱离战场。

西征部队在双河口设好埋伏后，日军小分队进入伏击圈。拂晓，战斗打响，伪自卫团在后边听到枪声就停止前进，脱离了战斗。我军以优势兵力痛击日军小分队。李荆璞带领戴克政等战友们，英勇奋战，最终将这支日军小分队全歼。这次战斗共击毙日军 9 人，打伤 1 人，俘虏翻译 1 人，还缴获了一部分武器弹药。

1935 年 11 月，东北人民革命军第二军和东北反日联合军第五军部分主力，决定集中兵力，夺取官地，打击通沟岗子的日军。这就是官地和通沟岗子战斗。

12 月 7 日，李荆璞、陈翰章指挥第二、五军西征部队分遣队 900 余人，从二道沟秘密向官地进发，一部行之大沙河沿岸，埋伏在树丛中；另一部直逼官地街东口和北口防所。早晨 6 时许，西征部队突然用集束手榴弹向自卫团防所发起攻击，两个防所的自卫团被打得晕头转向，全部投降。不久，西防所亦被突破，伪自卫团余部和伪警察大队一个排全部缴械投降。剩余一小股敌人在 3 名日军教官的指挥下，同在街心的伪警察中队联合起来负隅顽抗，激战一小时，在分遣队战士的猛烈攻击下，日本教官被打死，伪军停止抵抗，官地小街被我军完全占领。

通沟岗子日军闻讯后，立即前往官地增援。戴克政所在的分遣队就埋伏在通沟岗子西北面的丛林中。待日军路经此地，戴克政和战友们发起猛烈攻击。敌人且战且退。由于抗日分遣队已经占领通沟岗子，日伪军遭到南北两面夹击。两个半小时的战斗结束后，除十几名日军逃脱外，其余全部被歼。这次战斗共缴获步枪 160 余支、杂牌枪 20 余支、轻机枪 10 挺、迫击炮 4 门，通沟岗子 40 余名自卫团丁全部被缴械。这次战斗极大地鼓舞了当地抗日群众的热情，使分遣队士气大振。西征部队召开群众大会，将缴获的粮食等物资发放给贫苦农民。

关于黑石屯战斗，《敦化市革命老区发展史》中是这样记述的：

1936年1月4日，东北人民革命军第二军和东北反日联合军第五军分遣队在镜泊湖南湖头西岸的马家屯附近秘密集结。5日，向官地以东沙河沿日伪军实施佯攻。6日晚，第二、五军分遣队4个团沿牡丹江一带急行军，并于7日拂晓绕至距黑石屯3里处的土岗潜伏。8日早6时，敌西防所发现分遣队，开始向我方射击，于是战斗打响。为彻底消灭敌人，第二军两个团当机向防所的伪警察大队发起攻击，伪警察大队缴械投降，日军负隅顽抗。分遣队实施分割包围，占据有利地形向日军开火。交战到10点，我军击溃日伪军一部，伤20多人，其余日伪军全部投降。黑石屯被攻克的同时，第二、五军的南进部队展开了对

> 沙河沿、二道梁子各防所及大石头火车站日伪军的进攻，并占领了沙河沿小街，官地、通沟岗子的日军不敢出来增援，仅派出200余人的伪警察大队向黑石屯试探前进，遭到第二、五军江岸部队的迎头痛击。战斗仅持续半小时，敌人就被打得狼狈溃逃，撤回官地。上午11时，第二、五军分遣队完全占领了黑石屯。[①]

由于戴克政在作战中的出色表现，1936年4月，他被提升为东北抗日联军第五军第二师第四团第二连连长。

1937年，以卢沟桥事变为标志，抗战全面爆发。

在全国抗战形势的鼓舞下，出生于黑龙江省双城县三姓屯的一个贫苦农民家庭，任宁安县伪森林警察大队大队长的李文彬，率三道河子伪森林警察大队150多名官兵，连同家属600余人，于7月12日打死8名日本指导官和教官，缴获了50支武装监视队枪械，一举烧毁全部营房和

① 敦化市革命老区建设促进会:《敦化市革命老区发展史》，经济日报出版社，2023，第51页。

军事设施，携带全部武器和物资，奔向抗联五军驻地莲花泡。15日，起义队伍在三道通召开抗日誓师大会，正式参加抗联五军，编为东北抗日联军第五军警卫旅，李文彬任旅长，原第五军一师参谋长张镇华任政治部主任。下设两个团六个连，共计200余人。

11月21日—22日，周保中在宝清县兰棒山的密营，召开了东部部队干部会议。会上，他分析了中日战争形势及前途，介绍了吉东、北满松花江岸游击运动和南满游击运动概况，提出了今后的斗争任务。会议要求，第一，必须做好思想准备，迎接艰苦斗争的考验。要加强部队的政治思想工作，准备与日伪进行更为艰苦的斗争；为了消灭敌人，冲破敌人布置的包围圈，要做好1938年远征的各项准备工作。明春游击策略——以第二、第五军为主力部队实行旧区新活动。袭取绥芬镇，进出宁安吉敦线。第二，为了牵制更多的敌人，以利于全国抗战，今秋冬两季，要抓紧时间大量筹集给养和军需物品，除了保证远征部队的供给，还要准备好来年实行部分自耕的食粮。

东北抗日联军密营

会议宣布，抗联第二路军已于10月成立，周保中任第二路军总指挥兼政委，抗联第二路军下辖第四、第五、第七、第八、第十军。其中，第四军军长为李延平。该军编制4个师（后缩编为2个师），共2000余人，活动于勃利、宝清、富锦、依兰、方正县境。第五军军长为柴世荣。该军编制3个师，共3000余人，活动于宁安、穆棱、密山、勃利、依兰、方正、富锦、桦川、宝清县境。每团由3～4个连队组成，每连30人以上。第七军军长为陈荣久。该军编制3个师，共880余人，活动于饶河、虎林、同江、富锦、抚远一带。第八军军长为谢文东。该军编制6个师，共2000余人，活动于依兰、勃利、方正、富锦、宝清县境。第十军军长为汪雅臣。该军由东北人民革命军改编而成，共有1000余人，活动于五常、舒兰、榆树县一带。

会议决定，将第五军警卫旅改编为第五军第三师，师长为李文彬，政治部主任为王效明。下辖第八、第九团。李文彬对三师指战员的要求非常严格，他把原来有鸦片烟瘾的20多名队员送到后方戒烟，将比较优秀的青年干部和士兵送到联军教导队进行训练。

为了加强党对这支部队的领导，周保中将戴克政从第二师第四团第二连调到第三师第九团工作。周保中在回忆这个过程时认为，李文彬同志所领导之五军三师，系宁安森林警察大队反正后编成，带有若干旧军队习气，虽然革命化进度甚速，但确非有经历者难于执行领导，克政同志因能恪尽职守，1937年冬于宝清调任九团二连任连长，颇得官兵拥护。

1938年，东北抗日游击战争进入艰难斗争阶段。如何确定这一阶段东北游击战争的策略，是一个十分重要的问题。周保中认为，须极力寻找敌人的弱点，利用自身的优点，以适当的兵力、最大的决心和英勇活动，予敌以部分的严重打击，获取武装弹药的补充。

按照这一作战构想，周保中把部队分为两个部分：第四、第五军主力进行西征；第四军留守处、第五军第三师、总指挥部警卫队等担负留守任务。

6月，主力部队西征出发后，日伪当局在富锦、宝清等地加紧推行“归屯并户”政策，把居住在山里的群众赶下山来，强迫其迁入“集体部落”中，以防群众支援抗联、参加抗联。为了避免敌人封锁、进攻所造成的抗联困难局面，周保中召开会议，对反“讨伐”斗争作出具体部署。他要求抗联第四、第五、第七、第九军：（1）破坏宝清南方敌人封锁并遮断采伐、运输；（2）侦察大和镇、义顺号、宝清间的敌军军事、交通，择险设伏，截击来往之敌兵；（3）以三区为对象，采取一切必要手段，征发粮食给养及进行经济军需之筹划。

根据这一部署，第五军第三师的八团和九团分开活动。第八团由宝清转移至桦川南部，以驼腰子金矿为中心，在依兰、桦川、勃利等地开展游击战；第九团向东延伸，转移到挠力河南岸，与第七军第三师骑兵组成联合部队协同作战。

6月中旬，第五军第三师给养发生严重困难。师长李文彬带领第九团在宝清东部与第七军第三师会合，组成第五、第七军联合部队。第五军第三师和第七军第三师的工作会议决定，由蒋继昌、姜信泰率领戴克政的第二连，到木营和炭窑巡查，搞给养，征收粮食蔬菜等。

6月19日，联合部队到达双鸭子煤矿韩家木营。第二天就遭到200多名伪兴安军的包围。激战中，蒋继昌不幸牺牲。

蒋继昌，吉林省人，1895年生。1937年7月12日参加东北抗日联军第五军，任警卫旅参谋长。10月加入中国共产党。11月任抗联第五军第三师第九团团长。

1938年5月27日，蒋继昌率领部队跨过了挠力河，到宝清东南部的双丫子山，在那里建立了根据地。6月19日，他带领20人的小分队由双丫子山出发，到宝密公路的土山附近侦查。当走到黑龙江双鸭山宝清县境色金别拉河时，突然与日伪军骑兵部队遭遇。迎战成为唯一选择。由于敌强我弱，激战中蒋继昌、李景春、杜海臣等几名战士英勇牺牲。

蒋继昌牺牲后，戴克政接替他担任抗联第五军第三师第九团团长。

7月初，联合部队在宝清南部以截断密山至宝清公路，以阻止、破坏敌人交通运输为目标，开展游击活动。7月10日，联合部队夜袭宝清县第四区伪警察署，击毙日本指导官1人，解除伪警察全部武装，缴获大小枪支30多支。不久又将宝清第三区第二、第三甲及第四区第一甲的“集团部落”捣毁。

联合部队的积极活动，引起敌人的注意。8月，日伪军加紧了对富锦、宝清地区的进攻。当时戴克政腿部负伤，他和他率领的14名战士便负责看守位于宝清县索伦小团山子的第五军第三师第九团临时后方密营。政委姜信泰带领二连大部分人去梭力岗一带搞粮食。临时后方密营位于宝清县境三江平原与完达山的交界处的一座小山——小团山子，当地人称它“小孤山子”。

不幸的是，他们被敌机发现。8月12日夜晚，敌人包围了这里。拂晓5时，哨兵发现了摸上山的敌人，战斗一触即发。

戴克政率领战士们迅速进入半山坡上的掩体，沉着应战，同数倍于己的强大敌人进行殊死战斗。他利用居高临下的优势，指挥战士们用尽全部火力——一挺轻机枪、十几支步枪，打退了敌人的多次进攻。

面对不利局面，戴克政指挥战士们边打边退，准备从后山小路撤出。不料，小路被敌人堵死。与敌血战到底成为他们最后的选择。

激战3个多小时后，终因寡不敌众，弹尽援绝，戴克政和10名战士英勇牺牲。日军在他身上发现了他的团长证后，又残忍地对着他的尸体连刺数刀。

得知戴克政和10名战士英勇牺牲的消息后，周保中内心十分悲痛。他在8月13日的日记中清晰地记载了此次战斗牺牲者的名字：

> 第九团团长戴克政，年二十三岁，敦化县人。第九团第二连连长齐惠明、排长郗凤祥，队员：李有

才、王学诚、陈宝廷、王桂林、张学印、田喜恩、蒋振德、王树山。①

他在日记中还为戴克政写下1600字的传记，生动地记述了戴克政勤学精进、身先士卒、指挥历练、克尽厥职、英勇抗日以报国家的事迹。周保中深情地写道：“戴克政同志为民族解放战争牺牲之日，年仅二十三岁……戴同志对革命知识不但勤学精进，且每战身先士卒，指挥掌握有如久经练达者，凡游击所到之地，辄召开农民抗日宣传大会，对于抗日救国之言词娓娓动人……当此抗战深入、东北游击运动极其吃紧之时，余对克政同志寄望甚深，不幸为时未几，少壮将星遽告殒折。为民族国家解放牺牲光荣，堪同日月齐光，惟今五军栋梁摧毁，后继乏人，殊为感慨也。”②

周保中把戴克政高度评价为“少壮将星”“五军栋梁”，可见戴克政在他心中的分量……

① 赵俊清：《周保中传》，黑龙江人民出版社，2011，第363页。
② 周保中：《东北抗日游击日记》，人民出版社，1991，第259-260页。

2008年9月3日，在敦化烈士陵园，中共敦化市委、敦化市人民政府敬立的抗联五军三师九团团长戴克政烈士墓碑的碑文对戴克政的一生作了全面的概括，碑文写道：

> 戴克政同志系敦化市沙河沿人，1932年参加抗日斗争，1935年参加中国共产党，曾任救国军前敌司令部警卫员，东北抗联第五军二师四团二连排长、连长，五军三师九团团长。1938年东北抗日联军第五军主力部队向宁东铁路以北转移。五军二师为先遣部队。戴克政同志随二师到道北以后，转战于额穆密山依兰各地，英勇善战，身先士卒，精明强干，勇猛过人，勤学精进，指挥练达，凡游击所到之处，即召集农民大会，宣传革命道理，对于抗日救国之言词娓娓动人。1938年8月13日，200多日伪骑兵在飞机大炮掩护下，向黑龙江宝清小团山子我抗联阵地大举进犯。戴团长带领14名战士与敌激战3个小时，终因寡不敌众，壮烈牺牲，年仅23岁。

2020 年 9 月，经党中央、国务院批准，中华人民共和国退役军人事务部公布戴克政为第三批著名抗日英烈。

第八章

戴万龄壮烈殉国

戴万龄自从参加救国军以后，跟随国民救国军连克敦化、额穆、蛟河三城，参加了镜泊湖南湖头一带的三次对日作战。之后，他又亲率五营三打宁安，打汪清，打安图，打敦化等。每战他都身先士卒，冲锋在前，双手使枪，左右开弓，弹无虚发。

在这个过程中，戴万龄多次负伤。对此，他不害怕。他认为打仗没有不流血的，关键看这个血流得值不值得。如果不值得，当然要珍爱生命；如果值得，就要义无反顾。

有一次，戴万龄在战斗中被炮弹炸伤，失去了知觉。他被救护队从死人堆里背出来，送到战地医院，接下来又被转移到南湖头附近的密营。医生给他进行了手术，取出了弹片，他又一次从鬼门关被拉了回来。经过抢救脱离危险后，由于失血过多，戴万龄昏迷了三天才苏醒过来。

这是戴万龄无数次负伤中伤得最重的一次。

醒来之后，记忆还停留在那次战斗的戴万龄，立刻问护士:“这是在哪里？部队怎么样了?”

坐在病床边的三子戴克吉赶紧回答:“这里是医院，你负了重伤，已经昏迷三天了，咱五营还在镜泊湖一带打游击呢!”

“谁指挥?”

“克政啊！有一次，克政去前敌司令部送信，跟前敌司令部的参谋们谈了自己的想法，恰好与参谋长的作战计划不谋而合，这件事后来让参谋长知道了，他亲自点将，让克政临时指挥五营。”

戴万龄说:“锻炼一下也好。”

这件事提醒了戴万龄，要抓紧培养接班人，战场情况瞬息万变，子弹不长眼睛，自己万一有个闪失，这支部队不能一日无帅啊！

此后，戴克政这个戴家的少壮派变成了“戴家军”中除戴万龄之外的新军魂。只是后来“戴家军”不再独立成军，戴克政被提拔到别的部队任职，戴万龄的这一计划未能实现。

1936年春，戴万龄被任命为东北抗日联军某团副团长，专门负责军需后勤工作。

此前，1936年2月，东北人民革命军改编为东北抗日联军。戴万龄率第五营随“柴世荣旅”加入东北抗联第五军。此时，东北抗联的组织构架是军、师、团、连。没有营的组织。这就是说，第五营必须打散重组。

部队重组，既要考虑如何使部队生成战斗力，也要考虑干部的安排使用。周保中首先征求戴万龄的意见。戴万龄表示完全同意将五营打散重组，他认为，只有这样，才能锻炼部队，更好地发挥五营的作用。至于干部的安排，戴万龄表示没有任何意见，一切服从组织决定。

此时，戴万龄已经 65 岁了。周保中考虑到戴万龄年事已高，行军打仗体力难支。更为重要的是，这些年来，戴万龄率领五营披荆斩棘，冲锋陷阵，作出很大贡献，理应重用，而目前当务之急是解决第五军的军需给养困难问题。且戴万龄从军前是敦化首富，致富有道，具有丰富的经商经验，是解决抗联部队军需给养问题的难得人才。于是，周保中任命戴万龄为某团副团长，专司军需后勤事务。

“兵马未动，粮草先行。”可以说，提拔戴万龄担任后勤领导，是用其所长，也有利于发挥整个戴家在这方面的优势。

早在救国军成立之初，戴万龄就对后勤军需工作做过研究。那天，王德林给戴万龄写信，信中说：

大哥，我思虑再三，决定先派五营到小城子，再去汪清县绥芬大甸子（罗子沟镇）；派孟宪书营去安图县两江口。你们在初期的作战，被敌人视为眼中钉，敌人特种作战很厉害，我们必须有所防范，这是其一。其二，经营好小城子、绥芬大甸子和两江口，不是闲棋，这几个地方是救国军未来的支撑点，作用举足轻重。其三，部队发展太迅速，作战能力远远匹配不上数量的增长。……其四，救国军的后勤一直是个老大难，希望大哥多想办法帮助缓解一些压力。[①]

读完来信，戴万龄深感王德林谋划深远，战略布局高瞻远瞩。他挥笔复信王德林，阐述了军事后勤的重要性，提出“缺医少弹是最可怕的事儿，将导致救国军难以坚持下去，部队的战斗力大打折扣”的观点。

王德林表示赞同戴万龄的看法，他在回信中指出：

我已经使出浑身解数，部队现在只是勉强能战斗。后勤是救国军的最大软肋！现在，情况还算比较好的，暴露出的困难少；到了冬天，部队将举步维艰！如果日军继续增兵，我们在冰天雪地里行动更加困难，而敌人控制着交通线，调动部队方便。我怕到

① 王兴:《戴家大院》，吉林人民出版社，2020，第 274-275 页。

时候咱没有还手之力呀![1]

王德林的担心很快就应验了。1932 年 9 月，上海《申报》曾这样披露救国军艰难作战的状况：

因经费困难，一切殊感艰苦，故在前线作战之义军，粮食均由就地之民众供给，因之恒两三日不得一饱，尝以窝米为充饥之妙品。

夜则露宿田野，是以患病者极多，失去战斗力不少，伤者无以为医……[2]

更有甚者，有一次，救国军士兵半个月没有粮食，不少人饿死在行军途中，而剩下的人饿得连埋葬战友的力气都没有了。

在艰难困苦面前，靠什么鼓舞官兵士气，战胜敌人？

《露营之歌》唱出了抗联战士的心声，其中唱道：

---

① 王兴:《戴家大院》，吉林人民出版社，2020，第 275 页。

② 《申报》，1932 年 9 月 19 日。

铁岭绝岩，树木丛生，暴雨狂风，荒原水畔战马鸣。围火齐团结，普照满天红。同志们！锐志哪怕松江晚浪生！起来哟！果敢冲锋！逐日寇，复东北，天破晓，光华万丈涌！

浓荫蔽天，野雾弥漫，湿云低暗，足溃汗滴气喘难。烟火冲空起，蚊吮血透衫。兄弟们！镜泊瀑泉唤醒午梦酣。携手吧！共赴国难，振长缨，缚强弩，山河变，万里息烽烟。

荒田遍野，白露横天，野火熊熊，敌垒频惊马不前。草枯金风疾，霜沾火不燃。战士们，热忱踏破兴安万重山。奋斗呀！重任在肩，突封锁，破重围，曙光至，黑暗一扫完。

朔风怒吼，大雪飞扬，征马踟蹰，冷风侵人夜难眠。火烤胸前暖，风吹背后寒。壮士们，精诚奋发横扫嫩江原！伟志兮！何能消减，全民族，各阶级，团结起，夺回我河山。①

① 中共敦化市委党史研究室:《中国共产党敦化历史》第一卷（1921—1949），吉林人民出版社，2011，第103-104页。

这首歌，再现了当年东北抗联的艰难困苦，讴歌了抗联战士为驱逐日寇、恢复中华的战斗意志，表明了心中有党、有国、有山河，就能够战胜一切困难的决心。

1935年春天，戴万龄带领五营返回东宁，筹集药品、食盐、布匹等物资。戴万龄的营部、戴克勤的一连、戴克俭的二连，分别部署在相距很近的小山村里，形成犄角之势，以便遇到敌人时，能够互相支援。但是，他们的行动走漏了消息，敌人出动100多人，连夜包围了戴万龄营部驻扎的小山村，企图活捉戴万龄。好在戴万龄事先已有防备，戴克勤、戴克俭很快带领部队赶过来，前后夹击，拼死相救。经过一场激战，他们打退了敌人的进攻，救出了戴万龄。

这次历险说明，后勤工作乍一听与作战打仗不沾边，但实际上，风险和困难常常伴随左右。为了确保后勤工作安全可靠，建立一条秘密交通线被提上了日程。

在此之前，周保中曾指示戴克政在敦化前河屯秘密物色一个可靠的人作为交通员，以便及时获得吉林市与敦化方面的情报，又能掌握镜泊湖方向和长白山方向抗联密营的情况。戴克政最终选定了纪荣。

纪荣是附近村一个 24 岁的青年，有一次他在遇到日军追捕时，被恰巧路过的东北抗联五军二师戴克政排长率领的小分队所救。纪荣发现，追捕他的日军是一个运输小队。在纪荣引导下，戴克政带领小分队追上并消灭了这个日军运输小队，缴获了部分弹药物资。

戴克政带着周保中交代的任务，找到纪荣，对他说："抗日战争不是一年半载能结束的事情，要有长远打算，做好长期准备。恳请你为抗联做点事。"纪荣爽快地答应了，同意在前河屯一带建立抗联秘密联络点，为部队筹集物资、传递情报。

戴克政又说："你能不能为抗联做一盘小石磨？重量不要超过 60 斤，便于随军携带。"纪荣回答没问题，并约好 10 天以后交货。

纪荣第二天就找个石匠做帮手，用 7 天赶制了一盘小石磨，直径 31 厘米，厚度 15 厘米，重量 50 多斤。他自掏腰包给那个石匠付了工钱，并谎称石磨是给亲戚家做的。

从此，这盘石磨跟随抗联五军二师东战西征，转战长白山密林之中。每到一地，部队只要一停下来，小石磨便开始在战士手中转动，磨累了就换人，人歇磨不停。它磨过苞米碴子、谷子、黄豆、橡子面，在食物方面给抗联将士尤其是伤病员解决了大问题。

1937年夏末，戴万龄回到额穆一带，在前河屯建立了地下秘密联络站。他的孙女戴素云任地下交通员。

随着日军不断进攻，一个时期，抗日联军只能在深山老林中昼伏夜出，同日军进行游击战。抗联战士经常在深山老林中活动，不要说作战，就是生存都难。与敌人拼的是生存能力，是意志品质，部队搞到什么就吃什么，搞不到就只能饿着，武器补给也完全靠战场缴获。

而要解决这些问题，后勤工作显得非常重要。

戴万龄终于找到了一个秘密的地方。这个地方被当地人叫作“威虎岭迷魂阵”。戴万龄选定在迷魂阵建立后勤基地，是因为它比较隐蔽，敌人一般找不到这里。它自然条件比较好，窝风，冬暖夏凉，有吃的，光蘑菇就能吃上一阵子；有水喝，溪水水量充足；万一打起仗来，易守难攻，便于部队隐蔽。

戴万龄安排戴克政组织人在第一个山脚下，搭外卡子，在大树上建立哨卡，设立瞭望哨。往里，挖一些半地下的地窨子，做好伪装，平时储存粮食、蔬菜等，战时可以警戒，可以住人。

最后，他们挖了3个地窨子，每个相距100米。其中，两个供战士临时居住，一个可作办公室兼会议室或储藏室。3个地窨子互为犄角之势。

有了秘密交通员，有了秘密后勤基地，地下交通站终于大功告成。

1937年9月，为解部队燃眉之急，戴万龄亲自带着三儿子戴克吉等30多人潜回沙河沿一带筹粮。11月，戴万龄藏身于亲家家里。不料，因叛徒出卖，暴露了行踪。敦化的日军宪兵分遣队秘密包围了村子。

清晨，敌人摸到了戴万龄居住的院落。戴万龄发现敌情，手握驳壳枪准备冲出去。但他转念一想：若自己冲出去了，势必连累亲家一家。于是，他将手枪藏起来，走出院子，被敌人抓住。

为了防止戴万龄在押送途中逃脱，日本宪兵用铁丝将他的两个大拇指捆住，另一头穿进锁骨，再押送戴万龄前往敦化。

敌人把戴万龄押往沙河沿小街的油房里，住了一夜。第二天一早，敌人押着戴万龄离开沙河沿。戴万龄当时身穿灰色棉长袍，路上，他从容镇定地对乡亲们说："父老乡亲们别难过，不要怕。这没什么，我们抗日没有错，鬼子早晚要完蛋！"敌人又把戴万龄押往马鞍山，又住了一夜，第三天才把他押往敦化县城。

这段情况，新华社 2023 年 11 月 3 日播发的《抗日英雄戴万龄和他的“戴家军”》一文概括说："敌人将其两个大拇指用铁丝捆住、把双手背在身后，先在沙河沿、马鞍山游街示众，几天后押往敦化县城。"

这种押解方式有违常理。在战争年代，当敌人抓到中共的重要人物时，一般是迅速押解到指定地点，生怕途中生变。为什么这次押解时间较长，经停多地？

实际上这是一种“诱敌”之法，所谓“放长线，钓大鱼”，目的是诱使抗联前来营救，围点打援，将我营救部队一举歼灭。

救父心切的戴克吉，哪管这些，他凭借两把驳壳枪，和抗联的几名战士一起，在去往马鞍山屯的路上，与押送戴万龄的日军展开激战，打死打伤多名日军。戴克吉似乎看到了营救父亲的希望，这时，突然出现了敌人的援军，戴克吉猝不及防，伤亡很大，在撤退中，戴克吉身负重伤。抗联小分队赶快把他背往马鞍山。在路上，戴克吉失血过多，不幸牺牲。敌人没有停止对撤退中的抗联小分队的追击，小分队被打散了，抗联战士又有多人牺牲。

这次营救失败了，不仅搭上了戴克吉年轻的生命，而且还牺牲了十几名抗联战士。

为了防止抗联营救戴万龄的事情再度发生，日军取消了押送戴万龄去省城的计划，把他转移到分遣队关押。在戴万龄被关押期间，一切消息都对外严格保密，更不允许任何人探视。

日军对戴万龄严刑拷打，用尽各种酷刑，他们逼问戴万龄，让他说出周保中、柴世荣等抗联将领的去向，戴万龄宁死不招，骂不绝口。

凶残的日军指着两块烧红的钢板对戴万龄说:“再不说就用这两块钢板把你夹起来。”戴万龄哈哈大笑:“来吧，小鬼子，要是怕死我当初就不会举家抗日了。”

日军用两块钢板将戴万龄夹在中间，再用铁丝捆死，浇上汽油后点火，顿时熊熊大火将戴万龄吞没!

大火烧得戴万龄满地打滚!钢板被烧红了，他仍大骂不止……最终，戴万龄壮烈殉国。

戴万龄的所言所行，表现出了一个抗日者的铮铮铁骨，他用生命和鲜血捍卫了中华民族的尊严，表达了中国人民与日本侵略者血战到底的坚定决心。

得知戴万龄牺牲的消息后，周保中十分悲痛。他在《东北抗日游击日记》中写道:“戴同志之父戴洪昌，为敦化东著名首户，因忿日贼抢夺奸淫烧杀之横暴，乃起而组织救国军，从王德林被委为第五营营长，戴氏父子兄弟均参加。”①

① 周保中:《东北抗日游击日记》(上)，人民出版社，1991，第259页。

第九章

前仆后继

戴氏一族举家抗战，一开始就做好了牺牲的准备。因为，戴家人参加救国军打了第一仗后，戴万龄的堂弟戴万生，就惨遭日军杀害。

以戴万生第一个倒下为标志，戴家人毅然踏上了舍生忘死、前仆后继的征程。

戴万龄对子女的教育从注重修身正己、培养家国情怀入手。戴克政订婚后，戴万龄把他叫到书房，说道："克政，有句话叫'成家立业'，做父亲的已经为你定下亲事，择期为你办婚事。从今以后，你做事情既要考虑小家庭，又要考虑大家庭，更要考虑国家。立业是我们男人的立身之本。你大哥负责田地，二哥负责作坊，三哥擅长外交，四哥喜欢经商，负责驮队，五哥在吉林学习，你喜欢舞枪弄棒，适合带兵打仗。我给你起的名字，要求你克制自己，做出正确的选择和决断。”① 一句话，就是发挥自己的聪明才智，为抗战服务。

几年过后，戴家的男女老少个个成了抗日英雄。

有一天，救国军前敌司令部参谋长胡泽民来看望戴万龄。他对戴万龄说：“戴家不仅你们爷们英雄虎胆，万春、万珠、万生、万发等也都出类拔萃，三个姑爷子、妹夫陆长平家令人佩服，戴家子辈们也是奋勇当先。七老太爷老当益壮，李司令、陈仲武先生经常提起他老人家，赞美之情啊！戴家和家属们，是救国军中楷模，我敬佩之至。”②

戴万龄回应道：“我们戴家人约好了，将来活着的人要为牺牲的人建一座忠灵塔。”

① 王兴:《戴家大院》，吉林人民出版社，2020，第 135 页。
② 王兴:《戴家大院》，吉林人民出版社，2020，第 317 页。

胡泽民眼中的“七老太爷”，指戴万龄七叔戴广禄，他是戴家投身抗战的第一代人，也是戴家投身抗战幸存者中的两名男性之一。

九一八事变后，戴万龄决定投身抗日救国事业，戴广禄积极响应，带领全家老幼加入了由王德林率领的救国军。戴广禄不仅自己参战，还动员了村子里的青年加入救国军。

戴广禄在“戴家大院”负责驯养梅花鹿、管理中药材、给家人治病和制作火药，参加抗日队伍后担任卫生员，凭借他对草药的深厚知识，救死扶伤，确保伤员得到及时治疗。

1933 年 1 月，日军发动大规模进攻，救国军出现严重伤亡。王德林决定，兵分两路，并自带一路退入苏联境内，绕道避开日军追捕，再同日军作战。戴万龄谢绝了王德林的关照和邀请，决定留在东北，跟随第二路军继续抗日。

这时，五营已有几十名伤病员，如果集中居住养伤，目标太大，势必影响突围。正当戴万龄犹豫不决时，戴广禄勇敢地站出来，看看会场，又看看众人，说道："'养兵千日用兵一时。'今天我们站在抗日前线，更能理解这句话的真正含义。我老了，你们是后生，但是救国军的精气神不能丢！我赞成进山。"

"赞成进山"，就是留在深山老林，继续与日寇周旋。戴广禄是戴家最老的长者，他的话具有很大的影响力。于是，大家一齐说："七老太爷说得对呀，不管多难，我们五营举起的抗日这面旗不能丢。我们进山吧，和小鬼子拼个鱼死网破。"

戴万龄终于下定了撑起这一困难局面的决心。

1 月 14 日，第五营离开救国军总部，进入老黑山地区。在戴万龄率领下，五营日夜兼程，向着预定地域进发。不料，敌人的侦察飞机发现了五营的行踪。随之，一道包围圈向五营铺天盖地围了过来。一场恶战不可避免地发生了。

老黑山突围一役，五营以牺牲 100 多人、负伤 100 多人的代价，突出了重围，实现了作战方向的重大转移，并击毙了日军 100 多人，迫使日军放弃了继续进山追击的企图。

伤亡这么大，又缺医少药，对于负责战地救护工作的戴广禄来说，任务极其艰巨。日后想起那段岁月，戴广禄仍然不寒而栗。

1945 年 8 月 15 日，当日本宣布无条件投降的消息传到戴广禄耳中时，他再也无法按捺住内心的情绪，双手掩面蹲下痛哭流涕。

这天下午，戴广禄带着几个年幼的孩子来到一片废墟，指认当年戴家府邸，说道:“万龄、万春，日本人被打跑了！你们在天之灵可以安息了!”

胡泽民眼中的戴万春、戴万珠、戴万生、戴万发，是戴家投身抗战的第二代人。其中，戴万春是戴万龄的胞弟，戴万珠、戴万生、戴万发是他的堂弟。

《中国共产党吉林历史》第一卷记述道,1933 年初王德林撤退苏联前，曾劝戴万龄举家退至苏联，戴万龄选择留下继续抗日，随柴世荣部加入了周保中领导的绥宁反日同盟军、东北反日联合军第五军、东北抗日联军第五军，浴血奋战，戴万龄及戴万春、戴万珠、戴克志、戴克政等家族成员绝大部分为国捐躯。[①]

2022年，吉林省退役军人事务厅发出《关于追认戴万龄等7人为革命烈士的复函》，进一步指出，1933年初至1938年8月，戴万龄及兄弟戴万春、戴万珠、戴万发，儿子戴克俭、戴克吉、戴克志等先后血洒疆场、为国捐躯。

"血洒疆场、为国捐躯"，深刻地诠释了戴万龄及兄弟戴万春、戴万珠、戴万发等戴家投身抗战的第二代人、第三代人的抗日英雄形象。戴万春、戴万珠、戴万发，作为戴家的长辈和"戴家军"骨干，在协助戴万龄指挥部队、凝聚军心、后勤保障等方面，发挥了重要作用。

胡泽民眼中的"戴家子辈们也是奋勇当先"，说的是戴家投身抗战的第三代和第四代人。其中，第三代以戴万龄的六个儿子为代表。在这六个儿子中，牺牲最早的是戴万龄的第四子戴克志，1935年在宁安战斗中身受重伤，不久牺牲于小沙滩。

那是1934年9月至1937年2月，据黑龙江省牡丹江

① 中共吉林省委党史研究室:《中国共产党吉林历史》第一卷（1921—1949），中共党史出版社，2021，第142页。

市党史资料记载，侵华日军连续向以宁安为中心的绥宁地区，进行了长达数月的两次大规模“讨伐”。敌人集中2000余兵力，并有飞机配合，向反日同盟军发起猛烈进攻，妄图将我军全部围歼。

宁安是东北党组织，绥宁反日同盟军，东北抗日救国游击军，抗联第四、第五军的诞生地，是周保中、李延禄、魏拯民、李荆璞、陈翰章等抗日名将率领抗联战士与日伪军浴血拼杀的主战场。

戴万龄的第四子戴克志就是在这一时期血洒宁安的。

1932年参加救国军后，具有经商头脑的戴克志，任乡团大队某连副连长。后在东北抗联第五军担任连长。戴克志在多次战斗中表现英勇，屡建战功。1935年，他带领全连参加了宁安的战斗，与日军激战，战斗中戴克志不幸被日军击中，身受重伤，牺牲于小沙滩。这一年，戴万龄的大儿子、曾任救国军和抗日联军某部连长的戴克勤，在东宁的战斗中身负重伤。作为长子和“戴家军”的重要成员，戴克勤曾协助戴万龄当家立业，在“戴家军”的管理训练和作战中发挥了重要作用。负伤后，部队把他送回家中休养。这期间，一个不忠的远亲背叛了他，导致他被日军逮捕。面对敌人的拷问，戴克勤坚守信念，一言不发。最终，他被一位远房亲戚保出，但由于伤势过重，于1946年去世。2015年12月15日，已经90岁高龄的戴克勤的长女戴玉梅回忆说："我爸爸在黑龙江和日本人打仗（中），腿被打折了，被送回沙河沿东沟密营养伤，其间救过抗联被服厂一个女战士。我爸爸是戴家最后（一个）牺牲的……"①

1935年，戴万龄的第二子、曾任救国军连长和抗联某部连长的戴克俭，在东宁县境的一次作战中，率一连人马为掩护部队撤退而牺牲。

1937年，戴万龄的第五子戴克选，在做地下工作时因身份暴露遇害。

戴克选是戴家子弟中接受全日制教育时间最长、学习成绩最为优秀的一人。因为学习成绩优秀，戴万龄送他到敖东中学读书。这是敦化县最早传播马克思主义思想的一

① 《戴玉梅的口述回忆》，2015年12月15日。采访人：李亚玲；讲述人：戴玉梅；见证人：戴世忠。原件藏于敦化市关心下一代工作委员会。

所学校，从这所学校走出来的学生很多后来成为共产党人和抗日名将。敖东中学从1927年建校到1932年停办，虽然办学时间不长，但戴克选在这里学到了很多知识，接触了许多进步思想，结识了后来成为救国军总部秘书长，抗日联军第二军第二师师长、第三方面军指挥的陈翰章。

1930年12月，戴克选、陈翰章从敖东中学毕业。陈翰章选择就业，被聘为县立第一小学教员。暑假后，他又从第一小学转到县立民众教育馆当讲演员。这成为陈翰章传播进步思想，宣传中共苏区农村打土豪、分田地运动的平台。1933年，陈翰章加入中国共产党。

戴克选按照戴万龄的安排，选择继续完成学业，到省城吉林读书。

1932年，戴家举家抗战后，戴克选在省城的学习即将结束，面临职业选择。戴克选一心想跟随“戴家军”打鬼子。他的学长陈翰章已在救国军总部领导工作。陈翰章对这位品学兼优的同学和戴家人把日本鬼子赶出中国去的急切心情感同身受。但是从同日本军国主义作战的需要看，当时最需要做好的是军事情报工作，知己知彼，才能弥补武器装备和军事素质的不足，以弱胜强。

陈翰章对戴克选说：“要取得抗战的胜利，需要做的工作很多，比如，军事情报方面的工作，这是取得作战胜利十分重要的一环，现在救国军最缺乏的就是这个。所以，我建议克选不妨做一下情报工作，它一点也不比在前线与日军拼杀逊色。”

戴万龄和戴克选都很赞同陈翰章的建议。至于打入日伪哪个机关便于搜集情报，当然打入日军高层最好，但戴万龄举家抗日，在当地影响很大，戴克选要打入日军高层并不现实。于是，胡泽民就建议他打入伪地方警务系统。

为此，戴克选又转入伪吉林地方警察学校学习了一段时间，结业后被安排在敦化县伪警务局工作。有了这个警察身份，搜集情报就方便了许多。在隐蔽战线，戴克选如鱼得水，多次成功为抗日部队购买弹药军需、提供情报。

一天，七老太爷戴广禄来到戴万龄处，说：“洪昌，我前思后想，准备把老五克选调回来，他在警务局做情报工作，时间长了非常危险。”

“现在局势这么紧张，正需要大量的情报，他花了那么长的时间才好不容易打入敌人内部，这时候换人，他是肯定不会同意的。”

“老五，好样的！”

“先有国，后有家嘛！”

“可这重担压在他一个人身上。”

“现在斗争的形势越来越严峻，克选的工作更加重要了。关东军大举增兵，已经控制了东北大部分的地区。躲在深山老林中的抗日部队，还指着他的情报呢。现在一个又一个的地下组织被破坏，能获得情报的方法越来越少了，即使随时都有暴露的危险，克选也不会退缩的。”①

“不入虎穴，焉得虎子。”对于从事情报工作的危险性，戴克选是清楚的，但是，他更清楚搜集更多的日军情报对于首长作出战役战斗决策的重要性。为此，他早已把自己的生命安全置之度外。

在一次为抗联购买500发子弹时，戴克选被两个同事怀疑并敲诈。在搏斗中，戴克选头部受了重伤，4天后不治身亡。

① 王兴:《戴家大院》，吉林人民出版社，2020，第318页。

戴家投身抗战的第四代人，是戴万龄的孙子辈。

1932 年，“戴家军”加入救国军时，戴万龄的第二子戴克俭的女儿戴素云，年仅 12 岁。她巾帼不让须眉，积极参加了救国军。

尽管年纪尚小，戴素云却展现出了非凡的勇气和智慧。她主动请缨，成了抗日部队的情报员。在那个信息传递极为困难的年代，戴素云凭借着机智和勇敢，多次成功地将重要情报传递给抗日部队，为部队的行动提供了宝贵的支援，成为一名模范的地下交通员。

在这样的家庭环境中，戴素云迅速成长。她不仅继续担任情报员，还在战斗中表现出了超乎常人的勇敢和坚韧。她多次在敌人的封锁线下穿梭，为部队传递重要情报，在危急时刻帮助战友脱险。她的事迹在抗日部队中传为佳话。

在戴家，形成了这样一个传统——前仆后继：为抗战，家中前一代牺牲了，后一代接续奋斗；男丁牺牲了，女眷巾帼不让须眉，踏着男人的足迹继续向前。

戴家最为出色的一个女眷，是戴万龄的二子戴克俭的妻子寇氏。她出生于敦化县沙河沿寇家屯，是寇家最小的女儿，从小随4个哥哥一起读私塾，学习成绩优良。寇氏18岁时嫁给戴克俭。她相夫教子，任劳任怨，深得全家上下喜欢。对这个资质过人的儿媳，戴万龄着意培养，让她协助婆婆高氏掌管家族事务。

戴家举家抗日后，寇氏领着大儿子和女儿跟戴广禄学习中医药和火药、引信的制作技术，且练就一手好枪法，左右开弓，百发百中，被任命为五营救护队队长，兼管炊事、后勤等事务。在寇氏带领下，戴家女眷个个文武双全，既是家中贤内助、生产好帮手，又是智勇双全的支前物资弹药运送员、救护伤员的医疗队队员、缝衣做饭的后勤工作人员，遇到作战人手紧张时还是不逊男丁的战斗员。

女兵，成为活跃在五营军中的一道亮丽风景线。

戴家人在抗日联军第五军牺牲后，周保中领导抗日联军第二路军继续战斗。

1939年3月30日，周保中在牡丹江西岸四道河子主持召开了中共吉东省委扩大会议，部署突破敌人包围，开展新的活动计划。8 月，第二路军第五军部队与第七军一起，发起攻打虎林县黑嘴子敌秘密军事工地战斗，解救劳工 180 名。9 月，戴克政生前所在的东北抗日联军第五军第三师师长李文彬，在宝清遭敌人围攻壮烈牺牲。为给李文彬师长报仇，11 月 8 日，第三师与第七军等部联合袭击了宝清县的日伪军。

1940 年 1 月 1 日，戴克政生前所在的第三师第九团，袭击了宝清县王福岗伪警察所。同月，第九团还在桦川县七星砬子与日军“讨伐队”交战。

这期间，周恩来和任弼时在中共驻共产国际代表团工作，为一部分东北抗联人员暂时撤到苏联及时与共产国际和苏联政府联系，使之得到妥善安排。在代表团结束工作回国之前，曾向东北抗日联军发出密令。

为此，1940 年 1 月 24 日，在苏联伯力（位于黑龙江、乌苏里江汇合口东岸，曾为中国领土，1860 年被沙俄割占）召开了中共吉东、北满省委代表联席会议（史称“第一次伯力会议”）。周保中、冯仲云、赵尚志等作为两省代表出席了会议。

第一次伯力会议一年后，1941 年 1 月，中共满洲全党代表会议在伯力召开（史称“第二次伯力会议”）。出席会议的代表于 1940 年 12 月到达伯力，并在伯力东北方 75 公里处建立北野营，在双城子附近建立南野营。

两次伯力会议，是在东北抗日联军遭受了空前严重的困难和挫折，面临生死存亡的关键时刻召开的，会议主要议题是总结东北游击运动的经验教训，确定今后斗争方略，形成了《吉东北满党内斗争问题的讨论总结提纲》《关于东北抗日救国运动的新提纲草案》等两个重要文件。根据伯力会议决定，会议结束后，出席会议的代表留在了伯力。1941 年 2 月 20 日，周保中给东北抗日联军野营部队全体指战员发出指示信，要求加强军事训练，努力学习政治文化，加强革命纪律性。

野营部队虽然驻扎在苏联境内，但经常组织部队返回国内打击日军。

1942 年 2 月至 3 月，南野营先后派出李致浩小部队、于天放小部队、玄哲小部队、陶净非小部队、季青小部队返回东北活动。4 月，北野营派出孔昭礼小部队到铁骊山区活动。5 月，北野营又派出两个分遣队：第一分遣队到佳木斯、勃利、宝清、密山等地执行侦察任务；第二分遣队到富锦、宝清、同江、饶河一带执行侦察任务。

随着东北抗日联军野营政治、军事整训的开展，在不断取得一些成绩的同时，周保中也注意到长期要解决而一直未能解决的一个突出问题，就是抗联部队组织不统一，现有的三个抗联路军系统没有统一领导。1942 年 7 月 16 日，苏方代表王新林、远东红军政治委员等来到野营，与周保中谈话，传达了苏方同意将现有南、北野营部队扩充整理，统一编为东北抗日联军教导旅的意见。教导旅下设四个教导营，两个直属教导连。周保中任旅长，张寿篯任政治委员，各级军事、政治主官由东北抗日联军现有人员充任，副旅长、副营长等各级副职由苏联人员担任。改编后，东北抗日联军现有留苏人员 380 名；新参加反正战士 71 名；调转在红军服务的少数民族战斗员 50 名；依法征调入伍的中国人可得 200 余名[①]。

① 赵俊清:《周保中传》，黑龙江人民出版社，2011，第 515 页。

苏联远东红军总司令部接受苏联最高主席团命令，向中国抗联教导旅旅长周保中授予苏联远东红旗军独立步兵第八十八旅军旗。

1945年1月，苏联红军向德军发起强大攻势，打破了希特勒的防御计划。3月，美、英军队渡过莱茵河，攻入德国腹地，逼近柏林。4月，意大利法西斯头目墨索里尼被意大利人民逮捕并处死。5月2日，苏联红军攻占德国首都柏林；5月8日，法西斯德国宣布无条件投降，苏德战争结束。

当月，苏方代表王新林向周保中转达了远东第二方面军总司令普尔卡耶夫大将的指示：预想对日本将有相当时期的残酷战斗，第八十八旅随苏军进展，在中国东北可建立10万人的军队，参加解放东北和内蒙古的战斗。据此，抗联教导旅在周保中、张寿篯的主持下，制订反攻作战计划，决定以抗日联军现有干部为领导骨干，准备建立6万至10万人的军队，以便参加大规模对日作战和开展敌后活动。

7月，苏军组成了以华西列夫斯基为总司令的远东红军总司令部，下辖远东第一、第二和外贝加尔等三个方面军，准备分北方、东北方、西北方三路向日本占领的中国东北地区进攻。抗联教导旅被编入远东第二方面军，担负进攻佳木斯地区的作战任务。

7月26日，中、美、英三国发表《波茨坦公告》，敦促日本投降。

8月6日上午，一架名叫“伊诺拉·盖伊”的美军飞机呼啸着飞抵日本广岛上空，投下了一颗人类历史上第一次在战争中使用的原子弹。

8月8日，苏联政府对日宣战。当天，苏联外交人民委员莫洛托夫召见日本驻苏大使佐藤，当面向他宣读了苏联政府对日宣战的宣言。

8月9日上午，美国又向日本长崎投下第二颗原子弹。

这天凌晨，苏联远东红军总司令华西列夫斯基发出进军远东的总攻击令。150多万苏联红军越过中苏、中蒙边境，从东、西、北三个方向，进攻盘踞中国东北地区的100万日本关东军。战至8月22日，苏军共击毙日本关东军8.3万多人，俘虏59.4万人，有3.2万多名苏军牺牲在中国土地上。

8 月 26 日，苏联远东红军总司令部军事委员希金中将，分别召见了周保中和金日成，下达远东红军总司令华西列夫斯基的命令。第八十八旅现有中国人员、朝鲜人员和苏联人员要分别行动。其中，朝鲜人员随远东第一方面军进军朝鲜，中国人员随远东三个方面军分别占领东北战略要点，并准备接受驻各城市苏军卫戍司令部副司令的任命。

在此之前，8 月 9 日，苏军飞机轰炸敦化沙河掌等地。19 日，苏军进驻敦化。23 日，苏军及由周保中领导的原东北抗日联军改编的苏联远东第二方面军第八十八旅分遣队，在敦化“神社”举行受降仪式，接受日本关东军第一方面军司令官喜多诚一大将率领的僚属及一三九师团部队投降。

9 月 2 日，日本政府在投降书上签字。

中国人民终于迎来了抗日战争的伟大胜利。

从 9 月 5 日至 10 日，抗联教导旅 330 名干部在周保中、张寿篯的率领下，陆续分批由苏联乘飞机返回东北。

周保中日记记载：“九月五日，派出张寿篯、金日成、王效明、姜信泰等170名，分别赴哈尔滨、吉林、延吉、高丽地区。九月七日，余带同长春、沈阳组赴×大飞行场，延期带出。彭施鲁，佳木斯地区，十三时由迪维斯克机场起飞赴目的地。九月八日，十时三十分，余直率沈阳、长春各组分乘四机，由大机场起飞，十五时十分抵长春机场。王明贵、范德林、董崇斌各组留原地候命起飞。”[①]

按照计划，抗日联军进占的战略要地共有12个中心城市，它们是：1. 长春，由周保中负责；2. 哈尔滨，由李兆麟负责；3. 沈阳，由冯仲云负责；4. 吉林，由王效明负责；5. 延吉，由姜信泰负责；6. 齐齐哈尔，由王明贵负责；7. 北安，由王钧负责；8. 海伦，由张光迪负责；9. 绥化，由陈雷负责；10. 佳木斯，由彭施鲁负责；11. 牡丹江，由金光侠负责；12. 大连，由董崇斌负责。各负责人皆为苏军驻地卫戍司令部副司令。

周保中于9月8日10时30分，率赴长春、沈阳组共102名干部战士分乘4架飞机，由伯力飞抵长春。当日

① 赵俊清:《周保中传》，黑龙江人民出版社，2011，第565-566页。

22时，中共东北委员会、东北人民自卫军总司令部进驻长春市区，入驻“大和旅馆”。这里成为占领东北各战略要点的总指挥部和指挥活动中枢。到达长春后，周保中担任东北人民自卫军总司令，兼任苏联红军长春卫戍司令部副司令。

1945年9月15日，中共中央东北局成立。彭真、陈云、叶季壮、伍修权等乘苏联飞机飞抵沈阳。

9月25日，周保中从长春抵达沈阳，向东北局领导彭真、陈云汇报了东北14年抗日游击运动的艰苦斗争历程、东北地下党斗争情况和团组织情况，还汇报了东北抗联转移苏联境内，与苏联远东红军建立军事合作关系，建立南、北野营进行整训，成立东北抗日教导旅、党委会，以及苏联对日宣战后，抗日小部队积极配合苏军反攻东北，抢占50多个战略要点等情况。中共中央东北局书记彭真对东北抗日联军的英勇斗争精神和功绩给予充分肯定，认为东北抗日联军的14年游击战争，也像红军二万五千里长征和南方三年游击战争一样艰苦卓绝，可歌可泣。周保中、崔石泉代表中共东北委员会正式向东北局移交了东北党组织关系、中共东北党委员会档案材料。

彭真、陈云传达了党中央关于“向北发展，向南防御”，力争控制东北的战略方针，决定接收原各地党组织的关系；参加苏联红军的原抗联人员暂不退出，并应利用苏军身份的便利条件完成党的工作任务；在抗联基础上所建立的部队称为东北人民自卫军。

9月下旬，张闻天、高岗、林彪、李富春、蔡畅、林枫、王稼祥、萧劲光、吕正操、萧华、罗荣桓、黄克诚等20位中央政治局委员、中央委员、候补中央委员相继到达东北。随即，2万名干部和11万大军浩浩荡荡开进东北各指定地点。这期间，周保中等抗联指战员利用他们的特殊身份，为八路军、新四军干部同苏军接洽、取得联系、进行联络，并在与苏军处理各种复杂事宜，进而建立良好关系等方面，起到了疏通渠道和引领、向导的桥梁作用。

10月20日，周保中从长春向各地抗联干部发出通知，指出：在中共中央东北局的领导下，东北各省、市、县的党组织都已建立起来。因此，原抗日联军所建立起来的党的工作系统已没有保留的必要。所有原抗日联军的干部必须在各省、市、县党委组织的领导下进行工作。中共东北委员会已经胜利完成了它的历史使命，予以撤销，所属组织统一由中共中央东北局负责领导。

10 月 31 日，中共中央决定成立东北人民自治军总司令部。11 月 4 日，毛泽东以中共中央名义发布《增兵东北之部署》，其中指出，“一俟苏军撤退，我方即宣布东北人民自治。现已任林彪为东北人民自治军总司令，吕正操、肖（萧）劲光、李运昌、周保中（义勇军领袖）为第一、第二、第三、第四副司令，彭真、罗荣桓为第一、第二政治委员，程子华为副政委，统率东北全军，部署作战”。①

至此，东北人民自卫军统一编入东北人民自治军。在东北奋战 14 年的抗日联军完成了自己的历史使命。

东北抗日武装的战绩是巨大的。

有统计显示，从 1932 年至 1940 年，包括东北抗日联军、抗日义勇军在内的东北抗日武装共出击 154761 次。到 1937 年秋，东北抗日联军发展到 3 万余人，创建了东南

① 毛泽东:《增兵东北之部署》，《毛泽东文集》第四卷，人民出版社，1996，第 63 页。

满、北满和吉东三块游击区，活动范围达 70 多个县。从日伪统计资料来看，1933 年日军伤病亡 42149 人；1934 年抗日武装共出动 12800 余次，日军伤病亡 39874 人；1935 年抗日武装共出动 39150 次，日军伤病亡 54766 人；1936 年抗日武装共出动 36517 次；1937 年抗日武装共出动 25400 余次；1938 年抗日武装共出动 13100 次；1939 年抗日武装共出动 6547 次；1940 年抗日武装共出动 3667 次。如此频繁的出击，有力地牵制了日本关东军和伪满军警。[①]

东北抗日武装自身也付出了巨大代价。至 1940 年年底，在日本关东军重兵密集“讨伐”和强化伪政权等合力下，东北抗联还剩下不足 2000 人，不得不转移到苏联远东整训。

从 3 万余人到不足 2000 人，戴家牺牲的几十人就是这巨大代价的缩影。截至 1945 年抗日战争结束，戴家共有 50 余人为国捐躯。其中，戴家“万字辈”即戴家投身抗战

① 董长军:《卓越的贡献　重大的牺牲》,《求是》2015 年第 16 期，第 38-39 页。

的第二代，牺牲 12 人；“克字辈”即戴家投身抗战的第三代，牺牲 20 人；“友字辈”即戴家投身抗战的第四代，牺牲 11 人。此外，女眷牺牲 12 人，还有 1 个女婿战死沙场。

对他们的牺牲，党和人民永远不会忘记。

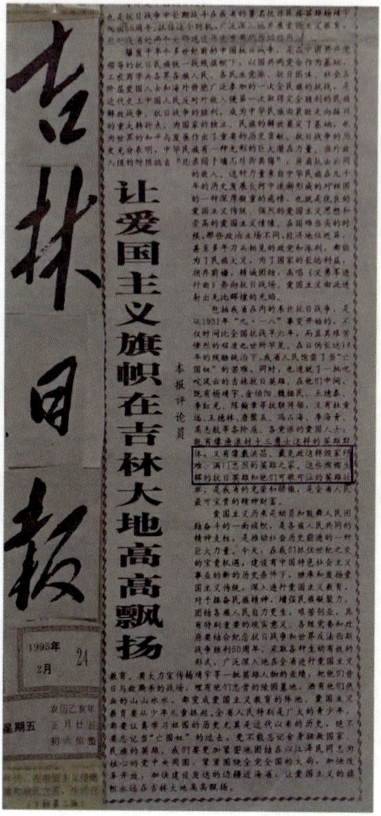
吉林日报

1995年 2月 24

星期五

让爱国主义旗帜在吉林大地高高飘扬

本报评论员

1995 年，《吉林日报》曾发表《让爱国主义旗帜在吉林大地高高飘扬》的本报评论员文章，热情讴歌在日伪长达 14 年的残酷统治下，造就了一大批叱咤风云的吉林抗日英雄。在他们中间，既有杨靖宇、金伯阳、魏拯民、王德泰、李红光、陈翰章等抗联将领，又有杜重远、王德林、唐聚五、冯占海、李海青、高志航等各阶层、各党派的爱国人士；既有像渔浪村十三勇士这样的英雄群体，又有像戴洪昌、戴克政这样毁家纾难、满门忠烈的英雄之家。这些熠熠生辉的抗日英雄和他们可歌可泣的英雄壮举，是吉林省的光荣和骄傲，是吉林省人民最可宝贵的精神财富。戴家抗战既是东北广大义勇军勇赴国难的缩影，也是士绅阶层毁家纾难的典范，更是中国共产党领导的东北抗联发挥统一战线作用，团结御敌，众志成城的生动诠释，具有重要的历史价值和时代价值，值得后人永远铭记。

2020 年 9 月 3 日，在纪念中国人民抗日战争暨世界反法西斯战争胜利 75 周年座谈会上，习近平总书记强调："九一八事变后，中国人民就在白山黑水间奋起抵抗，成为中国人民抗日战争的起点，同时揭开了世界反法西斯战争的序幕。"①

包括"戴家军"在内的中国人民为什么能够在中华民族危难时刻，敢于赴汤蹈火，不怕流血牺牲，从根本上讲

① 习近平:《在纪念中国人民抗日战争暨世界反法西斯战争胜利 75 周年座谈会上的讲话》，人民出版社，2020，第 3 页。

就是在他们身上体现了东北抗联精神。2016 年 5 月，习近平总书记在黑龙江省考察工作结束时讲话指出："加强干部作风建设，黑龙江有不少有利条件，东北抗联精神、北大荒精神、大庆精神、铁人精神激励了几代人。"东北抗联精神的内涵是"救亡图存、忠贞报国的爱国主义精神，坚定执着、矢志不渝的共产主义信念，爬冰卧雪、向死而战的英雄主义精神，前赴后继、百折不挠的艰苦奋斗精神，首创首行、独立自主的开拓创新精神，休戚与共、团结御侮的国际主义精神"，体现了"天下兴亡、匹夫有责的爱国情怀，视死如归、宁死不屈的民族气节，不畏强暴、血战到底的英雄气概，百折不挠、坚忍不拔的必胜信念"[①] 的伟大抗战精神。这是我们今天以中国式现代化全面推进强国建设、民族复兴伟业的永不褪色的精神食粮。

① 习近平:《在纪念中国人民抗日战争暨世界反法西斯战争胜利 75 周年座谈会上的讲话》，人民出版社，2020，第 8 页。

第十章

半个多世纪后的追认

1949 年 9 月 30 日，中国人民政治协商会议第一届全体会议通过的《中国人民政治协商会议第一届全体会议宣言》庄严宣告："中国人民政治协商会议第一届全体会议业已胜利地完成了自己的任务。……中华人民共和国现已宣告成立，中国人民业已有了自己的中央政府。这个政府将遵照共同纲领在全中国境内实施人民民主专政。"大会通过竖立"为国牺牲的人民英雄纪念碑"的决定。下午 6 时，出席政协会议的全体代表在天安门广场举行人民英雄纪念碑奠基仪式，毛泽东亲自宣读了纪念碑碑文：

> 三年以来，在人民解放战争和人民革命中牺牲的人民英雄们永垂不朽！三十年以来，在人民解放战争和人民革命中牺牲的人民英雄们永垂不朽！由此上溯到一千八百四十年，从那时起，为了反对内外敌人，争取民族独立和人民自由幸福，在历次斗争中牺牲的人民英雄们永垂不朽！①

这是一项重大举措，它宣告中国共产党人不忘历史，不忘为胜利这一天的到来而流血牺牲的人们。竖立纪念碑仅仅是“不忘”的开始，更重要的是，它确立人民英雄的历史地位，让全党全军全国各族人民永远学习英雄的革命精神，踏着英雄的足迹前进。由此，拉开了追认革命烈士的历史进程。

① 中共中央文献研究室:《毛泽东年谱（1893—1949）》（修订本）下卷，中央文献出版社，2013，第 582-583 页。

1950 年 12 月 11 日，中华人民共和国中央人民政府内务部发布《革命军人牺牲、病故褒恤暂行条例》、《革命工作人员伤亡褒恤暂行条例》和《民兵、民工伤亡抚恤暂行条例》。相关条例规定，“革命军人因参战、公干牺牲者（被俘不屈慷慨就义或被特务暗杀等）均得称烈士，其家属称烈属”；“凡牺牲已久之革命军人，其家属无法取得原部队证明书者，经其他有关方面证明，由县（市）以上人民政府批准，亦得按烈属优待之”。

对原东北抗日武装在抗日战争期间牺牲的几万名革命先烈，党中央高度重视。

1949 年 3 月，党中央从西柏坡迁入北平香山不久，毛泽东等中央领导同志在香山接见并宴请到京参加四野高干会议的同志。5 月 10 日，毛泽东在接见时任东北军区副司令员周保中时指出:“抗联干部领导抗联斗争及近年参加东北的斗争是光荣的。此种光荣斗争历史应当受到党的承认和尊重。但抗联同志在过去的工作中亦和党内其他各地从事革命斗争的同志一样，是难免有缺点和错误的，应该着重检讨自己过去工作中的缺点和错误，借以提高自己的政治水平，以便今后更好地为党工作。”①

就这次谈话内容，毛泽东还以中共中央名义起草了致东北局并告林彪、罗荣桓、谭政和中原局电，作了通报，提出了总结抗联历史经验的任务。可见，党中央和毛泽东对抗联斗争和参加抗联工作的同志的重视。

毛泽东这里讲的“以便今后更好地为党工作”，是有深意的。8月，在中国人民政治协商会议第一届全体会议召开前夕，已被选为政协会议东北区代表的周保中，来到北京并再次受到毛泽东接见。毛泽东见到周保中后高兴地说:“我们的民族英雄来了!”在这次会见中，毛泽东透露了中央对周保中的工作安排问题。他说:“原来曾考虑把你留在中央军委，但云南省地处西南边疆，同缅甸、老挝、越南接壤。地位重要，情况复杂，那里必须有适当的领导干部，你是云南出生的，因抗日的关系在云南群众中有威望，因此与朱总司令、少奇同志商量后，最后决定派你到云南去。”②

① 中共中央文献研究室:《毛泽东年谱（1893—1949）》（修订本）下卷，中央文献出版社，2013，第502页。

② 赵俊清:《周保中传》，黑龙江人民出版社，2011，第631页。

几个月后，1950 年 2 月 27 日，毛泽东第一次访苏回国途经哈尔滨，停留期间，在国际旅行社，向时任松江省人民政府副主席（原东北抗日联军第四军军长）的李延禄提出："要编写东北抗日联军斗争史，写出来对党对人民有益处。"① 回忆起那次接见，李延禄激动地说："记得那是毛主席和敬爱的周恩来总理，在登上哈尔滨市国际旅行社的顶层露台，纵观哈尔滨市全貌时对我说的。毛主席说：东北抗日联军，有成绩，有缺点，应该写出来。写出来，对党对人民有益处。"②

毛泽东的这些指示，拉开了收集东北抗日联军历史资料的序幕。

周保中首先想到了戴万龄一家牺牲的英雄们。

作为戴万龄昔日的上级首长，周保中对戴万龄举家抗日的英雄事迹历历在目，戴家在抗日战争时期的巨大牺牲，令周保中震撼。1935 年，日寇对抗日联军的

① 中共中央文献研究室:《毛泽东年谱（1949—1976）》第一卷，中央文献出版社，2013，第 97 页。

② 李延禄口述、骆宾基整理:《过去的年代：关于东北抗联四军的回忆》，黑龙江人民出版社，1979，第 2 页。

"围剿"变本加厉，战斗更加频繁。周保中决定家属不再随军一起行动，而是留在密营，承担缝纫、医疗等任务。戴万龄牺牲后，周保中遂决定让"戴家军"随营家属离开部队疏散到地方隐蔽起来。这既是对戴家妇老和后人的一种保护，也是基于为革命保存种子的考虑。

遵照周保中的指示，从1938年秋天开始，在戴广禄和戴万龄遗孀高氏、戴克俭遗孀寇氏的带领下，幸存的戴家妇孺从黑龙江宁安返回吉林敦化。为了避开敌人追捕，他们昼伏夜行，专走山路小路，跋山涉水，一路乞讨，用了大约一年时间才秘密返回沙河沿。

戴万龄的亲家寇成把他们分散隐蔽在几个寇氏兄弟家，并把孩子们改为寇姓。寇氏和她娘家人历尽千辛万苦，保护了戴家后代，终于迎来了抗日战争的胜利。

中华人民共和国成立前夕，东北地区在土改运动中，把戴家划定为"地主"，是符合政策规定的。但在当时的政治背景下，在如何看待有"地主"成分但为革命作出了贡献的人的问题上，有的地方出现了偏差。我们党的政策是：有成分论，但不唯成分论，重在政治表现。

这就影响了对戴家几十口人烈士身份的认定。

烈士的认定需要有关组织手续和证明资料。周保中不是戴万龄的直接上级，并不掌握戴家在抗战中的全部直接证据。对戴万龄一家抗日壮举历历在目的还有许多人，如陈翰章将军、胡泽民将军、柴世荣将军、王德林将军等，但他们早已牺牲。

周保中四处奔走寻找有力的证据。

1954年3月，周保中突发严重心力衰竭，经医院全面检查，确诊为严重心脏病，不能继续担负繁重的领导工作。党组织决定，周保中离职休养。8月，周保中调到北京休养后，周恩来前来探望。周恩来指示他康复后要抢救和整理东北抗日联军文史资料。周保中病情一有所转轻，就埋头整理抗联历史资料。他曾说："东北抗日战争牺牲许多人，现在活着的为数不多了，我有责任必须要抓紧自己有限的时间把这段历史整理出来，不然怎么能对得起先烈。"①

① 赵俊清:《周保中传》，黑龙江人民出版社，2011，第675页。

1963 年，周保中开始整理他的东北抗日游击日记。从 1932 年至 1936 年，周保中养成每日记日记的习惯，虽然在战争岁月多有遗失，但仍留下了 20 多本战斗日记。这些日记，不仅是他自身工作的记录，更是东北抗日战争的真实记录。在长达 14 年的抗日岁月里，东北抗日联军的形成发展过程，包括戴万龄如何举家参加救国军、加入柴世荣旅、编入东北抗日联军，戴克政如何从警卫员到担任排长、连长、团长，如何参加中国共产主义青年团并成为中国共产党党员，乃至最后牺牲，日记中均有记载。特别是日记中还有戴克政牺牲后周保中为他撰写的上千字的传记。

1964 年 2 月 22 日，周保中在北京去世。

之后，周保中的爱人王一知继续周保中未竟的事业，她利用担任全国政协委员的有利条件，继续为确认戴万龄等烈士的身份而奔走呼号，直到 1987 年去世。

20 世纪 60 年代初，辽宁、吉林、黑龙江省在中央宣传部、东北局和东北三省省委领导下，开始搜集整理东北抗联斗争资料，已经公开出版的《东北抗日联军斗争史》，比较系统地记述了自1931年九一八事变爆发到1945年抗日战争胜利期间，在中国共产党的领导下，东北诞生的各支抗日队伍，在各个抗日战场上奋勇杀敌的战斗情况，记述了戴万龄一家1932年参加王德林的国民救国军，1933年年底加入柴世荣旅，1934年加入绥宁反日同盟军，1935年加入东北反日联合军第五军，1936年加入东北抗日联军第五军的情况和五营的战斗生活，特别是对戴万龄、戴克政等人的事迹作了详细的记述。

进入改革开放和社会主义现代化建设新时期，随着拨乱反正和平反冤假错案工作的不断推进，党史上重大历史问题的解决进程显著加快。1980年6月4日，中华人民共和国国务院发布了《革命烈士褒扬条例》，进一步规定，有下列情形之一的，批准为革命烈士：（一）对敌作战牺牲或对敌作战负伤后因伤死亡的；（二）对敌作战致成残废后不久因伤口复发死亡的；（三）在作战前线担任向导、修建工事、救护伤员、执行运输等战勤任务牺牲，或者在战区守卫重点目标牺牲的；（四）因执行革命任务遭敌人杀害，或者被敌人俘虏、逮捕后坚贞不屈遭敌人杀害或受折磨致死的；（五）为保卫或抢救人民生命、国家财产和集体财产壮烈牺牲的。1985 年，国家出台了《民政部关于抗日义勇军对敌作战伤亡人员褒恤问题的批复》，提出："对参加抗日战争，确因对敌作战牺牲（包括对敌作战负伤后一年内因伤口复发死亡者）、被敌捕杀、在敌监狱中受折磨致死的抗日义勇军官兵，其遗属主动提出申请，并有可靠证明者，经省人民政府批准，可追认为革命烈士……"

1995 年，一位敦化县委宣传部门的负责人偶然听闻了戴家的抗日故事，他被这一家人的忠诚与坚守所感动，决定将戴家的故事报道出去。报道发表后，引起公众对戴家的关注。

这一年 10 月，中华人民共和国民政部追认戴克政为革命烈士。随后，敦化烈士陵园里新立了一块戴克政的墓碑。

革命烈士证明书

戴克政 同志 在抗日战争中 壮烈牺牲，经批准为革命烈士，特发此证，以资褒扬。

中华人民共和国民政部

一九九五年 [illegible] 月二十七日

戴克政同志革命烈士证明书

戴克政烈士之墓

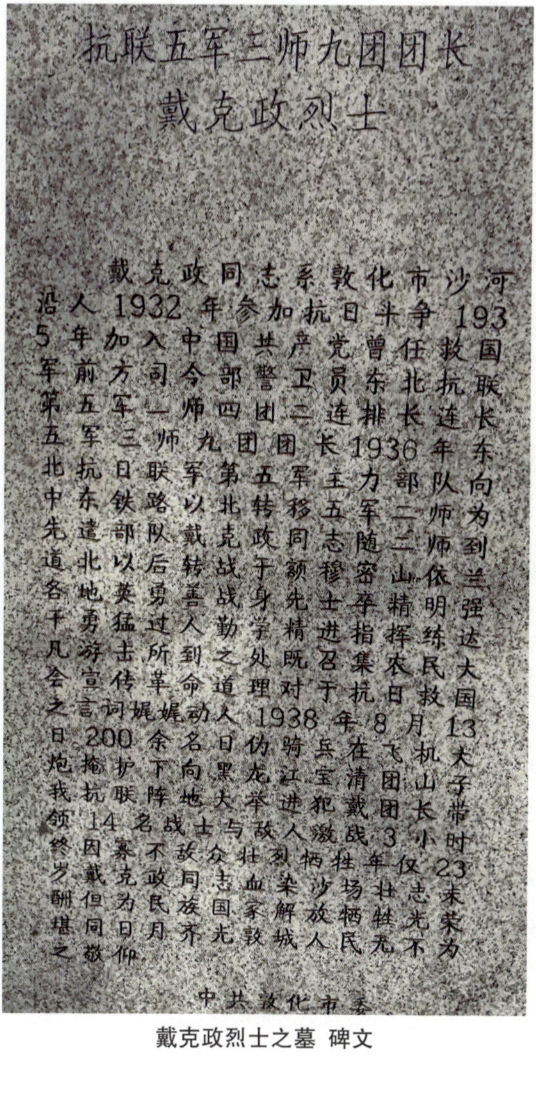
抗联五军三师九团团长
戴克政烈士
戴克政同志系敦化市沙河
沿人1932年参加抗日斗争193
5年加入中国共产党曾任救国
军前方司令部警卫员东北抗联
第五军一师四团二连排长连长
五军三师九团团长1936年东
北抗日联军第五军主力部队向
中东铁路以北转移五军二师为
先遣部队戴克政同志随二师到
道北以后转战于额穆密山依兰
各地英勇善战身先士卒精明强
干勇猛过人勤学精进指挥练达
凡游击所到之处既召集农民大
会宣传革命道理对于抗日救国
之言词娓娓动人1938年8月13
日200余名日伪骑兵在飞机大
炮掩护下向黑龙江宝清团山子
我抗联阵地大举进犯戴团长带
领14名战士与敌人激战3小时
终因寡不敌众壮烈牺牲年仅23
岁戴克政同志血染沙场壮志未
酬但为民族国家解放牺牲光荣
堪同日月齐光敦城人民无不为
之敬仰
中共敦化市委

戴克政烈士之墓 碑文

这时，距戴克政牺牲已经57年了。57年后被追认，说明什么呢？说明历史就是历史，发生了就不可能改变。它不会因时光的流逝而被抹去，也不会因时代的变迁而被放大或缩小。随着历史的不断发掘，还原真相只是时间早晚的问题。戴克政在牺牲57年后被追授为革命烈士，再一次展现了中国共产党的伟大，只要为党和国家的事业作出了贡献，无论什么人，无论岁月如何变迁，党和人民永远都不会忘记这些功臣。

在“戴家军”抗战史上，戴克政不是第一个牺牲的，也不是最早把戴家引领到抗日道路的领军人物。但他是从戴家走出来的第一个共产党人，是“戴家军”中担任职务最高的抗日英雄，因此在历史上留下了更多的印记，如在周保中的日记中留下了许多关于戴克政的工作、学习、生活和作战的记录，正是这些记载，为后人较早地确认戴克政的抗日英雄身份提供了重要线索。

戴家在长达14年的抗日战争中牺牲的50多位男女老少，同戴克政一样，都是为抗战而牺牲的革命烈士。但要得到党和政府的正式追认，需要经过一个严格的组织程序，有确凿的人证、物证证明他们在各个时期的现实表现。这就是我们后人的任务。

戴克政在牺牲57年后被追授为革命烈士，启示我们要重走昔日战场，重访历史的见证人，从那场战争留下的遗址、遗迹中，逐步拼合历史场景与人物活动轨迹，还原历史原貌。

由此，各级党委和政府进一步加大了搜集有关抗日资料的力度。

有关部门搜集到了1933年出版的《国民救国军抗日血战史》，书中介绍了戴万龄领导的救国军五营镜泊湖大捷的有关情况。搜集到了周保中自1954年下半年开始，先后回忆、撰写的《东北的抗日游击运动和东北抗日联军》《东北人民抗日游击战争概况》《忆东北抗日游击战争》等共计20余万字的重要史料；还有由中央档案馆和东北三省档案馆编辑的《东北地区革命历史文件汇集》，其中记载了周保中从1936年至1945年间的日记，后由人民出版社以《东北抗日游击日记》的书名正式出版发行。这些历史文献记述了戴万龄领导的五营从参加救国军到参加东北抗日联军的斗争和成长过程，高度评价了戴万龄、戴克政等戴家人在东北抗战中的杰出贡献。搜集到了由李延禄口述、骆宾基整理，1960 年成书，此后陆续在《收获》《北方文学》发表部分篇章的《过去的年代：关于东北抗联四军的回忆》。书中对戴万龄举家抗战、参加救国军的过程及戴万龄率领的五营早期的战斗生活作了较为详尽的描述。

在了解有关史料的基础上，党史部门不断推进党史研究。2005 年出版的《中国共产党吉林历史》第一卷（吉林人民出版社），高度评价了戴万龄一家舍家抗日的英雄壮举。2021 年中共党史出版社出版的《中国共产党吉林历史》中谈到戴万龄一家为什么参加救国军和东北抗日联军时指出：

> 王德林，原为吉林省防军第二十七旅第六七六团第三营营长。九一八事变后，对熙洽、吉兴降日不满，在所部官兵抗日救国要求的推动下，率全营官兵于 1932 年 1 月中旬在延吉小城子（今汪清县春阳）宣布起义，2 月 8 日召开抗日誓师大会，组成中国国民

救国军，王德林任总指挥，孔宪荣任副指挥，吴义成任前方司令，活动于延边、牡丹江一带……

救国军成立后，其他爱国志士纷纷来投。敦化城东沙河沿首富戴万龄携家眷50余口人，并动员全村200余名青壮年加入救国军，被编为救国军第五营。戴万龄，曾用名戴凤龄，字洪昌，祖籍山东莱州府掖县。1933年初王德林撤退苏联前，曾劝戴万龄举家退至苏联，戴万龄选择留下继续抗日，随柴世荣部加入了周保中领导的绥宁反日同盟军、东北反日联合军第五军、东北抗日联军第五军，浴血奋战，戴万龄及戴万春、戴万珠、戴克志、戴克政等家族成员绝大部分为国捐躯。[①]

《中国共产党吉林历史》第一卷对戴万龄、戴克政作出评价：

① 中共吉林省委党史研究室:《中国共产党吉林历史》第一卷（1921—1949），中共党史出版社，2021，第142页。

戴克政16岁随军，1938年8月牺牲前，任东北抗日联军第五军三师九团团长，年仅23岁。戴克政牺牲后，周保中在《东北抗日游击日记》中写道:“戴同志之父戴洪昌，为敦化东著名首户，因忿日贼抢夺奸淫烧杀之横暴，乃起而组织救国军，从王德林被委为第五营营长，戴氏父子兄弟均参加……余对克政同志寄望甚深，不幸为时未几，少壮将星遽告殒折，为民族国家解放牺牲光荣，堪同日月齐光，惟今五军栋梁摧毁，后继乏人，殊为感慨也。”①

在中共敦化市委党史研究室著的《中国共产党敦化历史》第一卷（1921—1949），敦化市革命老区建设促进会编写的《敦化市革命老区发展史》书中，专门记述了“戴家军”参加的一些重要战斗，记述了包括戴克政在内的革命烈士和英雄模范人物的生平事迹，登载了陈翰章、戴克政等烈士名录。

① 中共吉林省委党史研究室:《中国共产党吉林历史》第一卷（1921—1949），中共党史出版社，2021，第142页。

党中央对党史工作高度重视，2010 年党中央第一次以中央名义制定颁发了党史工作文件，召开了全国党史工作会议，对加强和改进新形势下党史工作作出全面部署。此后，全党全国全军掀起抢救、挖掘党史资料的新高潮。由此，与戴家举家抗日密切相关的历史事件和重要人物等史料浮现出来，如 1959 年出版的《抗日英雄陈翰章》，2006 年出版的《王德林传奇》，2011 年出版的《周保中传》，2015 年出版的《发现柴世荣》等。这些与东北抗日将领有关的史料被陆续发掘，为了解戴家人的历史贡献、弥补戴家抗战资料的不足，起到重要作用。

这里值得一提的还有这样一个人，此人几十年来一直关注和致力于戴家英雄事迹的挖掘工作，他叫何效义。1967 年，何效义初中毕业返乡，在南台子（河东三队）劳动 4 年。在田间地头、山泉溪水边、林间小路上，他经常听乡亲们讲述戴家的抗日故事，一件件、一桩桩，让何效义心潮澎湃，热血沸腾。令他深深感动的是，一群人在国难当头、民族危亡的时刻，舍家取义，不惜流血牺牲，奔赴抗日救国战场，这是怎样的家国情怀和英雄壮举！这是怎样的民族精神和爱国情操！

1992年，何效义担任沙河沿镇党委书记时，戴万龄的孙子戴友喜因为父亲戴克政报批烈士的事来访。弄清了事情的来龙去脉，何效义产生了一种神圣的责任感：戴家人的英雄事迹必须进行抢救式发掘，如果等知情老人都不在了，戴家抗战历史就真的被尘封了，我们这一代就真的有负于先烈，有负于民族，有负于历史！2002年，何效义担任副市长后，与时任沙河沿镇党委书记孙延富、镇党委副书记兼人大常委会主任张文学谈了发掘戴家大院历史的想法，沙河沿镇党委和镇政府十分重视，采纳了这一意见，并邀请市委党校教师王兴进行调查和文字整理。由此，在各方的关注和支持下，英雄历史的发掘工作终于启动。

经过多年的艰苦细致的工作，到2022年11月，戴家举家抗战90周年后，经吉林省人民政府认定，戴万龄一家又有7人被追认为革命烈士。他们是戴万龄、戴万春、戴万珠、戴万发、戴克俭、戴克吉、戴克志。

戴万龄是把戴家引向抗日，引入由共产党直接领导的抗日队伍的领军人物，是戴家的杰出代表，他和几个兄弟、几个儿子被追认为革命烈士，标志着从戴家走出来的革命者，构成了一个革命烈士家族。

吉林省退役军人事务厅

吉军厅函〔2022〕98号

关于追认戴万龄等7人为革命烈士的复函

延边州人民政府：

你州《关于为戴万龄等7人申报评定烈士的请示》（延州政报〔2022〕11号、26号）收悉。现函复如下：

1931年"九·一八"事变后，日本侵略者肆意侵占东北，民族危亡之际，在族长戴万龄（曾用名戴凤龄，字洪昌，祖籍山东莱州府掖县）的带领下，散尽家财，筹建抗日武装，组织50余名家眷、家丁以及200余名青壮年加入救国军，被编为救国军第五营。1933年初，王德林撤退苏联前，曾劝戴万龄举家退至苏联，戴万龄选择留下继续抗日，随柴世荣部加入周保中领导的绥宁反日同盟军、东北反日联合军第五军、东北抗日联军第五军，浴血奋战至1938年8月。戴万龄及兄弟戴万春、戴万珠、戴万发，儿子戴克俭、戴克吉、戴克志等先后血洒疆场、为国捐躯，全族200余人几乎全部为国捐躯。根据《民政部关于抗日义勇军对敌作战伤亡人员褒恤问题的批复》（民〔1985〕优41号），"对参加抗日战争（包括对敌作战负伤后一年内因伤口复发死亡者），被敌捕杀、在敌监狱中受折磨致死的抗日义勇军官兵，其遗属主动提出申请，并有可靠证明者，经省人民政府批准，可追认为革

—1—

命烈士，其家属享受革命烈士家属待遇”的规定，2022年11月26日经吉林省人民政府批准，追认戴万龄、戴万春、戴万珠、戴万发、戴克俭、戴克吉、戴克志同志为烈士，并发给其遗属《烈士光荣证》。

吉林省退役军人事务厅

2022年12月7日

—2—

国难当头，儿女当自强，放下锄头拿起枪，仇满腹，恨满腔。舍生忘死杀豺狼，高山密林扎营盘，野果山菜充军粮。戴家大院好儿郎，铮铮浩气天下扬。国耻在心，儿女勇担当。

男女老少上战场。舍家园，驱日寇，挺起中华铁脊梁。

幽幽青山埋忠骨，殷殷鲜血染花香。戴家大院好儿郎，不朽英名万古扬！

戴营烈士群最核心的是本书中主要提到的8位，但不仅仅是这8位，随着党史研究的不断深入，还会有许许多多为国捐躯者被发掘，他们的名字将被雕刻在革命烈士陵园的巍巍丰碑之上。

参考书目

1. 中共中央文献研究室、中央档案馆:《建党以来重要文献选编（一九二一—一九四九）》，中央文献出版社，2011年。

2. 中共吉林省委党史研究室:《中国共产党吉林历史》第一卷（1921—1949），中共党史出版社，2021年。

3. 中共黑龙江省委党史研究室:《中国共产党黑龙江历史大事记（1978.12—2005.12）》，黑龙江人民出版社，2006年。

4. 朱姝璇、岳思平:《东北抗日联军史》，解放军出版社，2014年。

5. 中共敦化市委党史研究室:《中国共产党敦化历史》第一卷（1921—1949），吉林人民出版社，2011 年。

6. 敦化市革命老区建设促进会:《敦化市革命老区发展史》，经济日报出版社，2023 年。

7. 赵俊清:《周保中传》，黑龙江人民出版社，2011 年。

8. 李延禄口述、骆宾基整理:《过去的年代：关于东北抗联四军的回忆》，黑龙江人民出版社，1979 年。

9. 李丹钢、李刚:《中国抗日战争镜泊湖大捷之谜》，华文出版社，2014 年。

10. 温野、臧秀:《抗日英雄陈翰章》，辽宁人民出版社、吉林人民出版社、黑龙江人民出版社、延边人民出版社，1959 年。

11. 郭永圣、蒋成义、吕景才:《王德林传奇》，中国文化出版社，2006 年。

12. 张璋:《发现柴世荣》，齐鲁电子音像出版社，2015 年。

13. 王兴:《戴家大院》，吉林人民出版社，2020 年。

后 记

《一家人的抗战》，是在纪念中国人民抗日战争暨世界反法西斯战争胜利80周年的背景下撰写的。这既是一本纪实文学作品，也是一本资料丰富的史书。一代代有志于抗战史研究的工作者和热心从事抗战史的挖掘、宣传的各行各业的人们，为本书的最终完成奠定了坚实基础。

近年来，地方党史研究的深入开展，有力推动了重大党史事件和重要人物史料的抢救性发掘，以戴万龄、戴克政为代表的新一代“杨家将”，用全族50多人的壮烈牺牲，屹立起抗战史上又一座“家族抗战”的巍巍丰碑。2022年11月，吉林省人民政府作出决定，追认戴万龄、戴万春、戴万珠、戴万发、戴克俭、戴克吉、戴克志为革命烈士，发给其遗属烈士光荣证。这是我萌生创作此书想法的一个关键契机。

以戴万龄、戴克政为代表的家族抗战群体，之所以在他们牺牲半个多世纪后能够逐步被发掘出来，是中国共产党的优良传统决定的，也是由于热心于党史研究的各行各业的人们的无私奉献才得以实现的。如敦化市原副市长何效义，几十年矢志于“戴家军”抗战历史研究。这种精神值得弘扬。敦化市委党史研究室主任陈晓东等带领作者走街串巷，多方联络，丰富了有关史料。

必须说明的是，本书使用的图片，多由敦化市历史博物馆、敦化市关工委和中共敦化市委党史研究室提供。在此一并表示感谢。

作者

2025 年 7 月 1 日